사소한 기쁨

사소한 기쁨

초판 1쇄 발행 2022년 3월 30일

지 은 이 | 최현미
펴 낸 이 | 조미현

편   집 | 김호주
디 자 인 | ziwan

펴 낸 곳 | (주)현암사
등   록 | 1951년 12월 24일 (제10-126호)
주   소 | 04029 서울시 마포구 동교로12안길 35
전   화 | 02-365-5051 | 팩스 02-313-2729
전자우편 | editor@hyeonamsa.com
홈페이지 | www.hyeonamsa.com

ⓒ 최현미, 2022

ISBN 978-89-323-2201-8 03810

사소한 기쁨

최현미 지음

산책과 커피와 책 한 권의 행복

현암사

나의 안녕한 하루를 만드는 사소한 기쁨

이 세상에서 가장 좋아하는 장소는 우리 집 소파다. 소파에 누워 포근한 담요를 덮고 옆에 귤을 잔뜩 쌓아놓고 까먹으며 알콩달콩 로맨스 드라마를 보면, 내가 좋아하는 4종 세트 완성이다. 피곤한 날도, 피곤하지 않은 날도 소파에 누워서 쉬는 빈둥거림의 기본량을 채워야 뭐든 할 마음과 에너지가 생긴다. 몸에 저항을 주지 않는 가장 편한 자세라는 눕기, 즉 '수평의 시간'을 가져야 척추를 세우고 일어나 걷고 일하고 노는 '수직의 시간'이 가능해진다.

하지만 그렇게 쉬고 충전해야 더 생산적인 일을 할수 있기 때문에 소파에 눕기를 좋아하는 건 아니다. 그냥 그 시간이 좋다.『피너츠』의 루시가 스누피를 꼭 껴안고 "행복은 따뜻한 강아지"라고 했다면 나에게 '행복은 소파에서 빈둥거리기'다. 준비를 다 해놓고 편안하게 누워 담요를 끌어올릴 때면 "아 진짜 행복해"라는 말이 나온다. 행복은 어렵지 않다.

나이가 들어갈수록 작은 행복, 소소한 기쁨이 점점 더 좋아진다. 세상 곳곳에 엄청난 성공과 화려한 성취, 남다른 행복과 자랑이 넘쳐나지만 내 것 아닌 거창한 기쁨보다 지금 누리는 작은 기쁨들이 더 소중하다. 시간이 가면서 건너뛸 수 없는 하루하루가 쌓여 나의 삶을 만든다는 당연한 사실이 더 분명하게 다가오기 때문이다. 그러니 나의 하루를 따뜻하게 하고, 즐겁게 만들고, 힘 나게 하고, 견디게 하고, 위로하는 것들이 소중하다. 소파에 누워 행복해하듯 사소한 기쁨의 순간들이 좋다. 만약 내가 어쩌다 아주 크고 거창한 기쁨을 만난다면 그것 역시 작은 기쁨들이 톱니바퀴처럼 맞물려 돌아가 만든 나

날들이 쌓인 결과일 것이다.

어쩌면 예전처럼 인생의 큰 목표나 거창한 변화를 욕심내지 않기 때문인지도 모르겠다. 나이가 들면서 자연스럽게 버리고 포기하게 되는 것들이 있다. 하지만 오히려 그렇기 때문에 나이 들어가는 것이 좋다. 필요 없는 것에 힘 빼지 않아도 되고, 쓸데없이 것을 부러워하지 않아도 된다. 누가 뭐라든 나에게 소중한 것을 자랑스러워할 용기와 편안한 관대함이 생긴다.

이 책은 나의 하루를 행복하게 만드는 사소한 기쁨들의 리스트다. 작은 기쁨들을 꼽아본다. 나의 새벽 출근길을 비추는 새벽달, 하루를 시작하게 하는 뜨겁고 쓴 모닝커피, 바보 같은 하소연과 위로가 오가는 수다, 인생의 쓴맛을 잠시나마 잊게 해주는 달콤한 디저트, 별다른 준비 없이 현관문을 나서기만 하면 되는 동네 산책, 어디든 나를 데려다주는 편한 신발, 수백 수천 번 그 옆을 걸었던 다정한 정동길의 벚나무, 서두르지 말고 천천히 너의 길을 가라고 말해주는 놀이공원의 관람차, 어린 시절부

터의 오랜 벗인 책, 도서관, 그곳의 서가, 그리고 해피엔
딩······.

만약 누군가 엄청난 연봉을 줄 테니 그 대신 사소한
기쁨들을 내놓으라고 한다면, 고민은 좀 해보겠지만 결
국 거절할 것 같다. 하루를 깨우는 커피 한 잔, 일을 끝내
고 좋아하는 사람들과 마시는 시원한 맥주, 서가 사이를
걸으며 꿈꾸는 백일몽, 강 건너 불빛을 보며 오늘도 수고
했다고 나에게 건네는 위로의 한마디를 포기할 순 없다.
그러니 나의 사소한 기쁨은 결코 사소하지 않다.

이 작은 기쁨들의 리스트를 정리하며 자연스럽게 내
가 읽었던 책과 영화, 그 속의 주인공, 그들의 이야기와
말들이 떠올랐다.

날씨가 쌀쌀해지기 시작하면 그 모습을 드러내 나
의 아침 출근길을 밝히는 새벽달은 무라카미 하루키의
『1Q84』의 주인공 아오마메와 덴고의 사랑을 지켜본 달
을 생각나게 했다. 일상의 비타민인 수다는 스티븐 킹의
『고도에서』의 주인공 스콧이 생의 마지막에 바라고 원
했던 것이었다. 좋아하는 일에 몰두하는 사람들의 세계

를 그려온 미우라 시온의 소설 『배를 엮다』의 주인공 마지메는 나처럼 놀이공원 관람차를 좋아했다. 그는 자신의 일이 제 속도로 꾸준히 돌아가는 관람차 같다고 했는데, 나도 그렇게 생각한다. 그리고 애니 프루의 『시핑 뉴스』는 내가 생각하는 인생의 해피엔딩을 보여주었다. 주인공 코일은 누구나 살아가면서 많은 슬픔과 고통을 겪지만 그 속에서도 우리의 행복은 반짝이며 빛난다는 이야기를 들려준다. 나의 사소한 기쁨이 소설 속 주인공들, 때로는 영화의 주인공들과 닿아 있는 걸 보면서 우리 모두의 인생은 그리 다르지 않다는 것을 느꼈다.

올해로 입사 30년, 기자 생활 30년을 맞았다. 원래 이 책을 기획할 때의 콘셉트는 오랜 시간 직장생활을 해온 여성, 결혼해 아이를 낳고 키우면서도 사회생활을 지속해온 선배가 후배들에게 들려주는 위로의 책 읽기였다. 하지만 글을 쓸수록 점점 책 자체의 이야기보다 내 이야기가 앞서갔다. 글도 자기가 가고 싶은 길이 있는 것 같다. 때로 직장 초년 시절과 20대, 어린 시절을 비롯해

내가 잊고 있었던 기억까지 데려왔다.

그래서인지 책 덕분에 나의 한 시기를 마무리한 듯하다. 우리는 누구나 인생이라는 레이스에서 끝없이 크고 작은 매듭을 짓고 마무리하며 다음 단계로 넘어간다. 매듭이 중요한 이유는 마침표를 찍고 결승점을 통과해야 달려온 시간의 의미를 알게 되기 때문이다. 이 책으로 큰 기쁨에서 작은 기쁨으로 옮겨가는 한 시기를 매듭지으며 깨달은 건, 사소한 기쁨은 발견해야 한다는 것이다. 책을 쓰면서 내가 좋아하는 것이 무엇인지 사랑하는 것이 무엇인지를 나 스스로에게 계속 물었다. 덕분에 좋아하는 것들이 훨씬 분명해졌고, 그것들이 더 좋아졌다. 사랑받으면 예뻐지듯 나의 기쁨도 그랬다. 그리고 새로운 것을 찾아낼 때마다 행복했다. 그 자체가 큰 기쁨이었다. 역시 사소한 기쁨은 결코 사소하지 않다.

이 책을 읽는 독자들도 자기만의 기쁨을 하나씩 찾아나갔으면 좋겠다. 진짜 인생의 큰 보물을 발견할 것처럼 즐거워질 것이다. 그리고 그것이 무엇이든 한껏 제대로 충분히 깊게 즐기시길 바란다.

마지막으로 함께 책을 만들어준 편집자 김호주 팀장께 감사를, 책을 쓰는 동안 나의 삼시 세끼를 챙겨주고 많은 사소한 기쁨을 함께한 남편과 항상 엄마를 응원하는 딸에게 사랑을 보낸다.

2022년 봄

최현미

새벽달

아침 4시 30분. 휴대전화 알람이 울린다. 나의 하루는 남들보다 조금 일찍 시작된다.

수험생 시절에도 밤 9시, 10시면 잠자리에 들던 태생적인 아침형 인간이지만 달콤한 잠과 포근한 이부자리를 떨치고 일어나는 건 언제나 쉽지 않다. 춥고 깜깜한 겨울엔 더더욱 그렇다. 지난밤 늦게까지 저녁 자리라도 한 날엔 이불 속으로 더 깊이 파고들게 된다. 하지만 꾸물댈 시간이 별로 없다. 조금 버티다 후다닥 일어나 간단히 준비하고 5시 조금 넘어 집을 나선다. 석간신문 기자 생활 30년, 오늘도 변함없이 새벽 출근이다.

입사해 일을 배우던 1990년대 초엔 아침 5시, 국제부 외신 당번이라도 하는 날엔 4시 30분까지 출근한 적도 있었다. 그땐 인터넷이 없었던 시절로 지금 기준으로 보면 선사시대나 다름없었다. 편집국에 제일 먼저 출근해 국제부 텔렉스실에 가면 미국 AP, 프랑스 AFP, 영국 로이터, 독일 DPA 등 외국통신사들이 밤새 개별 텔렉스 기계로 타전한 뉴스들이 종이 말이에 프린트되어 진짜 산더미처럼 쌓여 있었다. 주로 연차 낮은 어린 기자들 몫이었던 국제부 당번은 아침 일찍 나와 뉴스 종이 말이를 일일이 보고 주요 뉴스를 체크해야 했다. 새벽 텔렉스실로 들어갈 때면 밤새 세계에서 일어난 온갖 일들이 저 종이 더미 속에 있다는 생각에 늘 설렜다. 하고 보니 진짜 옛날이야기다.

그런 시간을 지나 일의 리듬과 시스템이 달라지고 주 52시간 등 노동 환경도 변하면서 출근 시간도 조금씩 늦춰졌지만 지금도 여전히 대략 해 뜨기 전 출근이다. 아침 6시엔 사무실에 도착해 일을 시작한다.

누군가는 대여섯 시가 무슨 새벽이냐고 할 수 있다. 더 이른 새벽에 일을 시작하는 노동자도 있고, 지난밤을 꼬박 새우고 퇴근 준비에 들어가는 직장인도 있다. 실제로 그 시간에 나가보면 생각보다 사람이 꽤 많다. 환하게 불 밝힌 편의점이 반가운 가로등이 된 새벽 거리에서 가끔 저 사람들은 무슨 일을 할까, 어디를 왜 저렇게 바쁘게 갈까 궁금해지기도 한다.

새벽길 사람들은 공통적으로 발걸음이 낮보다 빠르다. 알 수 있는 건 모두의 삶은 제각각의 이유로 바쁘고 분주하다는 사실뿐이다. 모두가 최선을 다해 부지런히 살아간다. 숲으로 들어가 오두막을 짓고 단순하고 소박한 삶을 실천했던 철학자 데이비드 소로는 "시간이 지난다고 무조건 다음 날 새벽이 찾아오지 않는다. 깨어 있어야 새벽을 맞을 수 있다"고 했다. 때론 잠이 덜 깬 채 나서는 새벽길에서 나도 새벽을 맞는구나, 나 역시 꽤 부지런한 사람이구나 하는 생각에 뿌듯해지기도 한다.

그래서 새벽 출근은 괴로워도 새벽 출근길은 좋다. 그 길엔 고요한 어둠이 있다. 어둠은 원래 밤의 것인데,

불 밝힌 도시의 밤은 너무 소란스럽다. 어쩌면 낮보다 더 시끄럽고 때론 난잡하게 뒤엉킨 소란이다. 하지만 새벽의 어둠은 고요하고 조용하다. 그 속을 걸어가면 마음이 경건해지기도 한다. 무엇보다 새벽의 여신 에오스가 어둠의 장막을 걷고 태양신 헬리오스를 이끌어 내듯 깜깜한 어둠이 빛을 받아들이기 직전에 보여주는 푸른빛이 아름답다. 새벽의 가장 아름다운 색은 깜깜한 블랙이 아니라 투명하게 짙고 깊은 블루다. 사람의 온기가 섞이지 않은 차가운 공기는 짙은 푸른빛을 더 신비하게 만든다.

특히 계절이 가을로 접어들어 새벽의 어둠이 짙어지기 시작할 즈음부터 새벽 출근길이 더 좋아진다. 기온이 떨어지고 점점 어두워져 일어나기는 더 힘들지만 그 대신 새벽달을 선명하게 볼 수 있기 때문이다. 짙고 깊은 푸른빛이 도는 어둠 속에 우윳빛 달이 떠 있다. 얼마나 아름다운지 모른다.

새벽달을 볼 수 있는 계절에 접어들면 집을 나서자마자 설레는 맘으로 하늘을 본다. 잠깐이라도 가만히 서서 달을 응시한다. 45억 년 전 지구와 한 행성의 충돌로 생겨난 달이 38만 4,400킬로미터를 건너와 나를 비추고 있다. 이 짧은 순간, 말로 설명하기 어려운 신비함, 평온함과 안도감을 느낀다. 어제의 소란스러운 일희일비에도 오늘 하늘에 달이 떴듯이 이 세계는 내일도 변함없이 계속될 거라는 믿음, 이 세계를 누군가 지켜주고 있다는 평온한 안도감이다.

인류가 불이며 도구며 언어를 손에 넣기 전부터 달은 변함없이 사람들 편이었다. 그것은 하늘이 준 등불로서 때로는 암흑의 세계를 환하게 비추어 사람들의 공포심을 달래주었다. 그 차오르고 이지러지는 모습은 사람들에게 시간관념을 부여해주었다. 달의 그 같은 무상의 자비에 대한 감사의 마음은, 대부분의 지역에서 밤의 어둠이 쫓겨나 버린 현재에도 인류의 유전자 속에 강하게 각인되어 있는 것 같았다. 집합적인 따스한 기억으로.

무라카미 하루키의 소설 『1Q84』의 주인공 덴고가 하늘에 뜬 달을 본 순간 한 생각이다. 덴고는 이때 자기 안에 고대에서부터 이어져 온 기억들이 차례로 불려 나오는 듯한 느낌을 받았다. 새벽달을 보며 느끼는 나의 평온함도 덴고가 말하는 인류의 긴 역사를 통과해 유전자에 각인된 인류의 집합적 기억에 닿아 있는 모양이다. 그기억을 밟아 멀고 먼 태곳적 세상에 빛이라곤 오직 교교한 달빛만 있던 지구의 어느 밤을, 수백만 년 전 아프리카 초원으로 나와 허리를 펴고 처음으로 직립 보행한 인류가 하늘의 뜬 달을 쳐다보는 장면을 상상해본다. 그는 어떤 생각을 했을까, 무엇을 빌었을까. 새벽달을 올려보는 순간, 수백만 년의 시간이 오간다.

수십억 년 동안 이 땅 위 모든 생명을 비춰온 달은 『1Q84』의 하늘에서도 환하게 빛난다. 『1Q84』는 하루키 작품 세계의 집대성이라 할 만큼 현대 사회의 폭력, 고독, 사이비 종교, 보이지 않는 시스템까지 여러 주제들을 풀어놓지만 이들은 모두 배경에 불과하다. 하루키가 진짜 들려주고 싶은 건 사랑 이야기다. 이토록 복잡하고 어지럽고, 힘든 세계에서 두 주인공 아오마메와 덴고는 사랑으로 서로를 구하고 세상을 구한다. 이들 사랑의 매개자이자 증언자가 바로 달이다. 1Q84 세계에 높이 뜬 달은 이들의 사랑을 지켜보고 지켜주고 완성하게 한다.

1984년 서른을 앞둔 스물아홉의 아오마메와 덴고에게 일생을 통틀어 사랑은 단 한 사람이다. 두 사람은 20년 전 초등학교 4학년 때 딱 한 번 손을 잡고 헤어져 그 뒤로 다시 보지 못했다. 하지만 그때의 강렬한 느낌을 잊지 못하고 서로를 깊이 그리워한다. 이들은 어딘가에서 서로 만나기를 기대하지만, 만약 영원히 만나지 못한다 해도 그 사랑만으로 충분했다고 여긴다.

20년 전 아오마메는 증인회라는 사이비 종교단체 신자인 어머니 때문에 학교에서 없는 존재로 취급받았다. 어머니 손을 잡고 전단지를 돌리며 선교를 해야 했고, 교리 때문에 학교 행사에 불참했다. 급식을 먹기 전에는 큰 소리로 기도문을 외워야 했으니 어린 소녀의 마음이 어땠을까. 그런 아오마메가 친구들로부터 놀림을 받을 때 구해준 사람이 덴고였다. 덴고는 덩치가 크고 힘도 센 데다 수학 신동으로 누구도 무시할 수 없는, 인정받는 학생이었다. 하지만 그 역시 깊은 상처에 말할 수 없는 외로움을 느끼고 있었다.

NHK 수신료 수금원인 아버지는 일요일마다 덴고를 데리고 수금을 다녔다. 아이를 데리고 다니면 수금을 좀 더 편하게 할 수 있었지만, 덴고에겐 말할 수 없는 수치였다. 하지만 이보다 더한 상처는 어머니와 다른 남자와의 섹스 장면에 대한 기억이었다. 그는 자신의 아버지가 친아버지가 아니라는 사실을 알고 있었다. 누구에게 제대로 사랑받아본 적도, 누구를 제대로 사랑해본 적도 없던 덴고와 아오마메는 직감적으로 서로의 고독과 외로움을 알아본다.

초등학교 4학년 12월 어느 날, 방과 후 청소가 끝난 교실에서 아오마메가 빠른 걸음으로 교실을 가로질러 와 덴고의 손을 잡는다. 이 순간을 지켜본 유일한 목격자가 달이었다. 두 사람이 손을 잡고 서로의 눈을 본 뒤 시선을 돌렸을 때 오후 3시 30분 하늘에 4분의 3 크기의 낮달이 떠 있었다.

그로부터 20년 가까이 흐른 1984년 아오마메는 고

급 스포츠센터의 인스트럭터지만, 뒤로는 가정폭력을 일
삼는 남자들을 쥐도 새도 모르게 죽이는 암살자가 됐다.
덴고는 수학학원 강사이자 작가 지망생으로 연상의 유
부녀와 사랑 없는 섹스를 하며 그저 그런 하루하루를 살
아가고 있다. 이들은 여전히 외롭고 고독하다. 그러던 어
느 날 덴고는 베테랑 편집자로부터 신인상 공모에 들어
온 흥미로운 응모작을 리라이팅해 수상작으로 만들자는
제안을 받는다.

　'선구'라는 비밀종교 집단 리더의 딸인 열일곱 소녀
후카에리가 쓴 『공기번데기』라는 소설이었다. 죽은 양의
사체를 통해 세상에 들어온 리틀 피플이라는 존재가 세
계를 자기 뜻대로 지배하려는 이야기였다. 덴고는 제안
을 받아들여 소설을 완성하는데, 이 일을 계기로 아오마
메와 덴고는 '리틀 피플'이 출몰하는 1Q84의 세계로 들
어가게 된다. 이제까지 살아왔던 1984년과는 다른, 일종
의 평행세계인 1984년이다. 1Q84는 세계가 이상하게
뒤틀렸다는 것을 알아차린 아오마메가 Question의 Q
를 써서 붙인 이름이었다. 이 1Q84의 하늘에는 두 개의

달이 뜬다. 보통의 하얀 달과 그 달에 불안하게 따라붙어 있는 윤곽이 명확하지 않은 작은 초록색의 달. 하지만 모든 사람 눈에 두 개의 달이 보이는 것은 아니다.

두 개의 달이 뜨는 기이하고 불안한 낯선 세계에서 리틀 피플은 리더를 매개로 세계를 장악하려 한다. 하지만 리더가 세상을 떠나자 자신들의 새로운 통로가 될 리더를 찾기 위해 덴고와 아오마메를 쫓는다.

이 위험한 세계에서 아오마메와 덴고는 서로를 찾아 헤매는데, 둘의 사랑을 지켜보며 서로를 서로에게 이끌어 주는 것이 달이다. 하늘에 뜬 두 개의 달을 바라보며 서로의 존재를 느끼던 이들은 드디어 만나게 된다. 높은 빌딩 숲 사이에서도 달을 볼 수 있는 도쿄 동네 놀이터 미끄럼틀 위. 20년 전 그때처럼 아오마메가 덴고의 손을 잡는다. 그리고 하늘에 뜬 두 개의 달을 같이 본다. 순간 이들은 미궁과 같은 세계에서 20년 동안 얼굴 한번 본 적 없었지만 서로의 마음은 변함없이 이어져 왔음을 알게 된다.

두 사람은 1Q84에서 탈출해 1984년의 세계로 나온다. 하지만 이 세계가 그전과 같은 세계인지 아니면 또 다른 1984년인지 알 수 없다. 그저 알 수 있는 건 그곳 하늘엔 두 개의 달이 아니라 하나의 달이 떠 있다는 사실뿐이다. 이 새로운 세계에서의 운명 또한 알 길 없다. 리틀 피플이 다시 나타날지 아니면 그보다 더 두려운 존재가 덤벼들지. 누구도 자기 운명을 알 수 없다는 점에서 우리가 살아가는 모든 세계 또한 QQuestion의 세계인지 모른다. 하지만 덴고와 아오마메는 하늘에 밝게 뜬 달에 사랑을 맹세하고 함께 새로운 삶을 만들어가겠다고 약속한다. 혼란스러운 세계에서 유일하게 변하지 않은 건 덴고와 아오마메의 사랑, 그리고 이들의 사랑을 지켜본 달이었다. 달은 두 사람이 어디에 있든, 어디로 가든, 어떤 삶을 살아가든 하늘 높이 떠 이들의 사랑을 증명해줄 것이다.

1Q84년 덴고와 아오마메의 사랑을 지켜낸 달이 나의 출근길을 밝힌다.

달은 내가 태어났던 날 저녁부터 변함없이 나를 지켜

보고 있다. 눈에 보이지 않을 때도 달은 저 먼 곳에서 우리를 내려다본다. 달은 나도 기억 못 하는 나를 알고 있지 않을까 상상해본다. 상상대로라면 나보다 나에 대해 더 많이 알고 있을 테다. 그렇게 생각하고 보면 달은 참 다정하고 무심하다. 세상 모든 비밀을 다 알고도 모른 척하니 말이다.

달은 매년 3.8센티미터씩 지구에서 멀어지고 있다고 한다. 만조와 간조 때 바닷물과 해저 지면의 마찰로 지구의 회전이 아주 조금씩 느려지기 때문이다. 달은 그대로지만 우리가 보는 달은 점점 작아지고 있는 셈이다. 수십억 년 전 하늘에는 지금보다 훨씬 더 큰 달이 떴겠다. 수십억 년 후 하늘에 뜬 달은 지금보다 작을 것이다. 지금 보는 달이 앞으로 내가 보게 될 달 중에서 가장 큰 달이라고 생각하면 내가 멀고 먼 과거와 까마득한 미래 사이 어딘가에 있는 듯 모든 게 아득해진다.

달은 지구 역사에 등장한 뒤 오랫동안 밤하늘의 유일한 등불이었다. 정화수를 떠놓고 소원을 비는 신이었고, 탁월한 치료 능력을 지니고 생명을 잘 자라게 하는 신비한 힘이었다. 그 긴 시간을 지나 인류가 달을 밟았고 이제는 본격적인 달 탐사를 준비하고 있다. 곧 달 기지가 만들어지고 달 관광도 이뤄질 것이다. 그런 날이 가까워 질수록 달은 신화와 전설을 빼앗길 것이다.

하지만 나의 출근길을 함께 하는 새벽달은 여전히 신비한 신화이고 수백만 년을 이어온 전설이다. 덴고와 아오마메가 사랑을 맹세했듯 기도와 맹세, 그리고 약속 의 대상이다.

새벽 출근길 오늘도 세상의 모든 소란과 소동에도 불구하고 변함없이 성실하게 떠 우리를 비추는 달에게 인사를 건넨다.

"달님 안녕. 오늘도 잘 부탁해요."

하루를 깨우는
모닝커피

모닝커피에 대한 로망이 있다. 정확하게는 단어 그대로 아침에 마시는 커피 한잔에 대한 로망이 아니라 모닝커피가 등장하는 어떤 장면, 어떤 이미지에 대한 로망이다. 너무 '포멀formal'하지 않고 자연스럽게, 하지만 한눈에 봐도 멋지게 차려입은 여성이 한쪽 어깨에 오늘 할 일이 가득 든 빅 백을 메고, 다른 한 손엔 테이크아웃 커피를 들고 활기차게 걸어가는 장면이다. 살짝 바람이 불어 머리카락이 날리면 좋겠고, 거리에선 음악이 나오면 더 좋겠다.

이런 모닝커피에 대한 로망을 이야기하면 주변에서 다들 이렇게 말한다.

"영화를 너무 많이 봤어."

맞는 말이다. 모닝커피에 대해 달콤한 판타지를 안겨준 것은 1998년 개봉한 영화 〈유브 갓 메일〉이다. 로맨틱 코미디의 대모 노라 에프런이 감독하고 톰 행크스와 메그 라이언이 주연을 맡았다. 뉴욕을 배경으로 대형 서점 폭스 체인 사장 조 폭스(톰 행크스)와 폭스 서점 때문에 폐점 위기에 몰린 오랜 역사의 어린이책 전문 길모퉁이 책방의 주인 캐슬린 켈리(메그 라이언)의 로맨스다.

현실이 이렇다 보니 만나기만 하면 서로 못된 말을 퍼붓지만 서로의 정체를 모르는 인터넷 채팅방에선 아이디 NY152와 Shop-girl로 만나 각자 애인 몰래 이메일로 생각과 고민을 주고받는다. 그러다 영화 대사대로 서로에게 '마법'처럼 빠져든다. 티격태격 다투다 사랑에 빠지는 로맨틱 코미디의 정해진 코스를 따라가지만 서점, 책, 그림책 읽어주기, 타자기, 꽃 같은 아날로그적 디테일이 예쁘고 다정하다. OST는 또 얼마나 좋은지. 영화엔 두껍고 무거운 컴퓨터 모니터, 삐— 하는 인터넷 연결음, 이메일 채팅이라는, 지금은 사라진 것들도 가득하다. 가끔 꺼내 볼 때마다 "지금 보면 촌스럽지 않을까" 걱정하지만 언제 봐도 좋다. 다행이고 고맙다. 오래전 좋아했던 사람이 여전히 멋진 느낌이다.

영화의 시작은 뉴욕의 아침이다. 크랜베리스의 노래 〈Dreams〉가 흐르면 구둣가게, 안경가게, 약국, 빵가게 셔터가 올라간다. 서로를 알아보지 못하고 앞서거니 뒤서거니 출근하는 조와 캐슬린이 차례로 들르는 곳이 스타벅스다. 조의 선택은 디카페인 카푸치노, 캐슬린은 저지방 우유 캐러멜 마키아토다. 스타벅스가 아직 국내에 들어오기 전, 커피라면 카페에 마주 앉아 마시는 점잖은 음료였고, 커피 취향이라면 커피 설탕 크림의 비율로 결정되던 시절이었다.

"스타벅스는 우유부단한 사람에게 커피를 사려고 여섯 가지 결정을 내리도록 강요하기 위해 존재하는 곳이죠. 쇼트 사이즈/톨 사이즈, 라이트/다크, 카페인/디카페인, 저지방이냐 무지방이냐 등등"이라는 조 폭스의 대사를 들으며 '취향의 다양함과 섬세함'이 부러웠다.(지금은 우리에게도 익숙한 풍경이지만.) 스타벅스 테이크아웃 커피를 들고 활기차게 뉴욕 거리를 걸어가는 모습은 더없이 근사해 보였다.

세련되고 지적이고 자신만만하고 그러면서도 절대 무겁지 않게 경쾌했다. 나의 하루하루가 그렇게 됐으면 좋겠다는 바람, 그렇게 될 수 있을 거라는 기대, 메그 라이언이 커피를 들고 뉴욕 거리를 걸어가는 모습엔 내가 선망하는 것들이 가득 들어 있었다.

하지만 로망은 로망일 뿐, 오랜 직장 생활 동안 테이크아웃 커피를 한 손에 들고 멋지고 활기차게 출근하는 장면을 한 번도 연출하지 못했다. 일단 새벽 출근이라 겨우 세수만 하고 나오니 행색이 참으로 한심하다. 중요한 일이 있어 전날 밤 미리 옷을 정해두는 경우를 빼곤 손에 잡히는 대로 입고 나오는지라, 패션 테러리스트까지는 아니지만 '멋짐'과는 거리가 한참 멀다. 생각해보니 직장 생활 30년 동안 옷을 꼼꼼히 골라 잘 차려입고 정성스레 머리를 만지고 풀 메이크업을 하고 필요한 자료가 빠짐없이 든 가방을 메고, 적당한 높이의 구두를 신고, 빈틈없는 모습으로 또각또각 멋지게 출근한 적이 거의 없다. 오 마이 갓!

스스로 위로하자면 일은 하루 이틀 반짝이는 이벤트가 아니라 반복되는 일상이다. 출근길도 환상의 놀이 공원에서 벌어지는 거리 퍼레이드가 아니다. 우리의 일상은 대부분 아무 일도 일어나지 않다가 때론 특별하게 즐겁고 때론 눈물 나게 힘든 날들이다. 일이 즐거워 약간 중독 상태로 붕 떠서 달려 나간 때도 있지만 하기 싫은 일, 마음 안 맞는 사람들 때문에 발걸음이 천근만근인 날도 있었다. 뭐 그리 대단한 일을 한다고 아이를 저렇게 두고 나와야 하나 울컥했던 날도, 그 무엇도 아닌 내 마음에 들지 않는 바보 같은 나 때문에 혼잣말을 중얼중얼하며 출근한 날도 많았다.

그런 숱한 다채로운 시간들이 다져진 보통의 출근길에선 오늘 할 일과 일정을 체크하며 하루의 흐름을 그려본다. 그러면 오늘은 바쁜 날, 한가한 날, 힘들 날, 기분 좋을 날, 기운 빠질 날…… 견적이 나온다. 그럼 오늘 하루 힘을 내야 할지 빼야 할지, 즐겨야 할지, 견뎌야 할지, 서둘러야 할지, 천천히 가야 할지 전략이 선다. 물론 전략을 세운다고 마음대로 되는 건 아니다. 인생은 원래 그런 맛 아닌가. 잘될 줄 알았는데 실망한 날이 있지만, 망할 줄 알았는데 엄청나게 좋은 날도 있다.

이 모든 이유와 함께 내가 출근길에 테이크아웃 커피를 들고 활기차게 걸어가는 메그 라이언이 되지 못한 결정적인 이유가 있다. 아침에 나오는 조간이 아니라 오후에 나오는 석간신문사에서 일한 탓이다. 부서에 따라 다르지만 출근 시간은 아침 5시, 때로는 5시 30분, 늦어도 6시였다. 나의 출근 시간은 언제나 카페 문이 열리기 전이었다.(물론 24시간 여는 카페도 있긴 하지만.)

그러던 차에 2000년대 초 신문사 건물 1층에 스타벅스가 들어섰으니 그때부터 나는 7시 땡 하면 그곳으로 내려가 커피를 마셨다. 밖에 서서 문이 열리기를 기다린 적도 많았다. 새벽같이 출근해 밤사이 벌어진 사건과 뉴스를 체크하고 그날 쓸 기사를 정리해 보고한 뒤 부장이 아침 회의에 들어가는 순간 총알같이 1층 스타벅스로 내려갔다. 부장이 회의를 끝내고 돌아오는 그 사이에 커피를 마셨다. 직장인의 즐거움은 역시 일과 일 사이의 틈이다.

그때부터 지금까지 나의 커피 취향은 '얼죽아'가 아니라, 폭염의 뜨거운 여름에도 뜨겁고 뜨거운 아메리카노다. 머리가 잘 돌아가지 않는 날엔 샷 추가, 더한 날은 투샷 추가. 진짜 스타벅스에 적지 않은 돈을 쏟아부었다. 선후배 동료들과 함께, 때로는 혼자 모닝커피를 마셨다. 누군가와 같이 간 날엔 직장인의 가장 큰 즐거움 중 하나인 수다에 적당한 뒷담화와 회사 내 소문을 이야기하며 즐거웠고, 혼자 간 날엔 2층 창가에 앉아 커피를 마시며 이제야 출근하는 사람들을 바라봤다. 어디론가 가는 사람들을 보는 게 좋았다. 생김새도 차림도 제각각, 걷는 모습도 제각각, 하지만 모두가 어디론가 가고 있다고 생각하면 오늘 나도 나대로 내 길을, 내 방향대로 걸어가면 되겠다는 생각이 들었다. 뜨거운 아메리카노 한 잔을 마셔야 나의 하루가 시작됐다.

그렇게 오랫동안 매일 아침 커피를 마셨지만 솔직히 커피 맛은 잘 모른다. 그사이 커피 문화가 발달하면서 주변에 커피 맛에 까다롭고 전문 지식을 갖춘 사람이 많아졌다. 바리스타 자격증까지 딴 친구는 본다고 다 보는 것이 아니라 '아는 만큼' 보이듯 아는 만큼 즐길 수 있다며 커피에 대한 강의를 하곤 한다.

커피의 네 가지 요소는 아로마, 바디, 산도, 풍미로 아로마는 맛 이상의 기쁨을 주는 향기, 바디는 입안에 머금었을 때의 무게감, 산도는 산뜻함을 주는 짜릿한 맛, 풍미는 입 안에 퍼졌다가 오래오래 기억되는 미묘한 맛이라고 했다. 정성스러운 설명에도 불구하고 앞에 놓인 이 커피와 저 커피의 차이를 잘 모르겠다고 하자 친구는 "너는 바리스타가 제일 싫어하는 사람"이라며 웃었다.

실제로 내가 좋아하는 커피는 그저 뜨겁고 쓰고 새까만, 약간 탄맛이 나는 커피다. 머리가 아직 풀가동에 들어가지 못한 멍한 아침, 커피 한잔은 더할 나위 없는 특효약이다.

　나뿐 아니라 많은 작가들이 이런 이유로 커피를 사랑했다. 커피 마니아였던 루소, 발자크, 헤밍웨이는 하루에 커피를 30-40잔씩 마셔댔다. 커피에 대한 작가의 헌사는 여기저기 넘쳐난다. 발자크의 커피 찬양은 이렇다.

　정신이 확 깨어난다. 아이디어가 즉각 행군을 개시한다. 마치 군 대대가 전설적인 전투장으로 행진하면서 전의가 충천하는 듯하다. 그 옛날의 기억이 떠밀려 오며 선명한 깃발이 높이 세워지고 은유의 기병대가 장엄한 속력으로 배치된다.

　커피 한잔에 아이디어가 전의에 불타오르는 전설적인 군대처럼 행진하면 좋겠지만 발자크 정도는 아니다. 그래도 커피 한잔이면 오늘 하루 시동은 걸 수 있다.
　커피를 사랑한 헤밍웨이의 「노인과 바다」에서 주인공 노인 산티아고가 먹는 유일한 음식도 커피다. 84일

동안 고기 한 마리 잡지 못해 주변의 비웃음을 산 그는 망망대해에서 홀로 엄청나게 큰 청새치, 상어 떼와 사투를 벌인 뒤 탈진해 깊은 잠에 빠진다. 그가 죽음 같은 잠에서 깨어나 먹은 것은 설탕과 우유가 듬뿍 들어간 커피 한잔이었다.

"사람은 파멸할 수 있어도 패배할 수 없다."

인간 운명에 맞선 노인의 파멸이나 패배 같은 거창한 말은 아니라도 아침 커피 한잔에 조금 힘을 내보자는 말을 건넬 수 있다.

사람들에겐 하루를 시작하는 자기만의 방법이 있다.

누군가는 지난밤 자신의 흔적인 어지러워진 잠자리를 정리할 테고, 어떤 이는 망설임 없이 벌떡 일어나 새벽길을 달리며 에너지 넘치게 하루를 시작한다. 사랑에 빠진 이라면 연인의 이마에 키스하며 좋은 밤이었냐고, 오늘도 좋은 하루 보내라고 인사할 것이다.

아주 먼 옛날 성직자들은 아침 일찍 일어나 신을 모신 곳에 불을 밝히고 기도를 올렸다. 하와이 원주민은 동트기 전 바다로 나가 해에게 어서 떠오르라고 노래를 불렀고 아메리카 인디언들은 새벽에 일어나 몸을 깨끗하게 씻고 떠오르는 해를 맞으며 어제와 다른 새로운 대지에게 인사를 했다.

하루를 시작하는 리추얼ritual, 의식이다. 그리 거창하지 않더라도 자기만의 반복된 소중한 루틴이고 내가 나 자신과, 나의 하루에 뿌리는 짭조름하고 달콤한 MSG다. 우리가 생일을 축하하고 기념일을 기억하며 삶을 의미 있게 만들듯 하루의 리추얼은 나의 하루를 생생하게 만든다. 정신없이 흘러가는 시간에 나만의 좌표를 찍어 의미 있게 만드는 일이다.

연차가 쌓이고 부장이 되어 아침이 좀 더 바빠졌다. 여전히 새벽에 출근해 조간신문을 보며 뉴스를 체크하고, 부원들의 보고를 받고 어떤 방향으로 쓸지 함께 의논한다. 7시 조금 넘어 시작하는 아침 데스크 회의를 마무리해야 한숨 돌릴 수 있다. 드디어 커피 타임이다. 뜨겁고 쓴 커피 한잔을 마신다.

모닝커피 한잔으로 하루의 좌표를 찍는다. 아주 사소하지만 절대 빼놓을 수 없는 기쁨이다. 커피가 없으면 나의 아침도 없다.

달콤함은
발견하는 것

설탕은 오랫동안 귀족의 상징이었다. 기원은 태평양 뉴기니섬 사람들이 사탕수수를 재배한 기원전 8000년까지 거슬러 올라가지만 '모두의 달콤함'이 되기까지는 한참을 기다려야 했다. 알렉산드로스 대왕의 원정, 십자군전쟁, 동서 교역까지 인류 문명사 굽이굽이를 따라 퍼지다 18세기 흑인 노예들이 농장에 투입돼 사탕수수를 대량 생산하면서 누구나 즐길 수 있게 됐다. 역사가 에릭 윌리엄스가 "설탕이 있는 곳에 노예가 있다"고 했듯 달콤한 설탕의 역사는 결코 달콤하지 않다.

우리나라에서도 설탕은 귀했다. 조선시대 설탕은 왕실에서 귀한 약재로 쓰였다. 왕이나 왕손이 아플 때 쓰는 약이었고 왕이 아픈 신하에게 내리는 특별한 하사품이었다. 요즘엔 너무 넘쳐서 문제지만 설탕이 뇌 활동과 소화를 돕고 피로물질을 배출하며 긴장도 풀어주니 약으로 쓰일 자격이 충분하다. 물엿 정도로 단맛을 냈던 단맛에 길들지 않은 심심한 옛날, 설탕물 한 사발이면 진짜 정신이 번쩍 들었을 것 같다.

달콤함의 위력은 강력하다. 할 일이 산더미인데 몇 시간째 컴퓨터 앞에 앉아 있어도 진도는 안 나갈 때, 에너지가 바닥났을 때 이런 말이 절로 나온다.

"당 떨어졌어. 당 떨어졌어."

에너지의 긴급 처방, 달콤함이 필요한 순간이다. 말 그대로 '슈가 러시sugar rush'를 해야 한다. 심심할 때 즐겨 보는 넷플릭스 베이킹 리얼리티 프로그램이 아니라 '달콤한 것을 먹고 난 뒤 에너지가 반짝'한다는 뜻의 슈가 러시 말이다.

머리가 멍할 때엔 쓰디쓴 커피로 머리를 깨울 수 있

지만 몸이 피곤하고 에너지가 달릴 땐 달콤함으로 달래야 한다. 설탕 부족 신호가 오면 자리에서 일어나 편집국 탕비실로 가서 달달한 믹스 커피 한 잔을 타서 돌아온다. 조금 일하다 커피가 식으면 또 한잔 탄다. 세상 제일 맛없는 커피는 식은 커피라는 취향 때문이다. 그런 날 퇴근할 때 보면, 책상 위에 채 다 마시지 않고 믹스 커피가 조금씩 남은 종이컵이 여러 개 있다. 그날의 컵 수를 보면 그날이 얼마나 빽빽했는지 알 수 있다.

믹스 커피로 해결되지 않을 때도 있다. 그럴 땐 산책을 겸해 달콤함을 찾으려 나간다. 시간이 빠듯하면 바로 옆 베이커리로 직행하지만 가능하면 1킬로미터 남짓 떨어진 가게까지 걸어가 빵이나 파이 한 조각을 먹는다. 때로는 사무실 근처에서 가장 지대가 높은 옛 러시아 공사관 첨탑 앞에서 바람을 쐬며 하리보 젤리 한 봉지를 까먹기도 한다. 물론 항상 효과가 있는 건 아니다. 그저 달콤함으로 한숨 돌리며 내 하루의 리듬을 타볼 뿐이다. 강약 중강 약, 강 약 중강 약.

이렇게 응급 처방을 쓰긴 하지만 원래 그렇게 단맛

을 즐기는 편은 아니다. 단맛은 너무 적나라하다. 너무 자극적이어서 위험한 느낌이랄까. 나에게 단맛 하면 떠오르는 이미지는 C. S. 루이스의 판타지 『사자와 마녀와 옷장』에 나오는 터키시 딜라이트Turkish delight다. 네 남매의 셋째 에드먼드는 하얀 마녀가 준 터키 젤리의 달콤함에 넘어가 형제자매들을 배신하고 나니아를 구해야 한다는 의무도 잊는다. 유혹은 달콤하고 달콤해서 위험하다.

  하지만 그럼에도 좋아하는 단맛이 있다. 단팥이다. 단팥의 단맛은 노골적이지 않다. 설탕을 얼마나 넣느냐에 따라 당도가 우주 최고 수준일 수도 있지만, 보통 단팥의 단맛은 은은하다. 적당한 당도에 팥 알갱이가 살아 있는 단팥을 좋아한다. 요즘엔 단팥빵 전문점도 기성품 팥소를 쓰는 경우가 많아 특별한 단팥소를 맛보기 쉽지 않지만 그래도 나의 달콤함은 단팥 라인을 따라간다. 서울 시내 유명하다는 단팥빵들을 거쳐 단팥 찹쌀 도넛, 찹쌀떡, 양갱, 비비빅, 겨울엔 붕어빵, 여름엔 팥빙수. 그리고 도라야키다.

"단팥은 마음이야."

두리안 스케가와의 소설 『앙-단팥 인생 이야기』의
주인공 도쿠에의 말이다. 50여 년간 단팥을 만든 장인인
일흔여섯의 도쿠에에게 단팥은 사람의 마음이 느껴져야
하는 것이었다.

영화로도 만들어진 『앙』은 달콤한 단팥에 인생을 걸
지만 인생은 결코 달콤하지 않은 사람들 이야기다.

한때 작가를 꿈꿨던 센타로는 마약사범으로 복역한
뒤 자포자기의 심정으로 선배의 도라야키 가게 도라하
루를 4년째 맡고 있다. 하지만 정작 그는 단맛을 싫어해
도라야키 하나를 다 먹어본 적이 없다. 그저 새벽에 배
달되는 팥소에 전날 팔다 남은 팥소를 섞어 적당히 도라
야키를 만든다. '망하지는 않지만 번창하지도 않는' 가게
다. 그런 그에게 어느 날 단팥 장인 도쿠에 할머니가 찾
아온다. 시급 200엔, 거의 공짜로 일해주겠다고 제안한
다. 처음엔 일흔 넘은 할머니가 무슨 일을 하겠냐며 귀찮
아하던 센타로는 할머니가 만든 팥소를 맛본 뒤 함께 일
하기로 한다. 할머니 솜씨 덕분에 가게엔 손님이 북적이

고 센타로는 자기만의 단팥으로 인생을 새로 시작할 수 있다는 달콤한 희망을 품게 된다.

"만든 사람의 마음이 안 느껴졌어."

도쿠에가 센타로의 도라야키를 맛보고 한 말이다. 그렇다면 마음이 느껴지는 단팥은 어떻게 만드는 것일까? 작업은 해가 얼굴을 내밀기 전에 시작된다. 도쿠에는 하룻밤 물에 담가둔 팥을 새벽 6시에 삶기 시작한다. 끓어오르면 찬물을 붓고 버리기를 여러 번, 다시 미온수에 담가 떫은맛을 없애고 약한 불에 올려 뭉근하게 끓이며 조심스럽게 나무 주걱으로 젓는다.

"극진히 모셔야지."

도쿠에가 말하는 '마음 단팥'을 만드는 법이다. 도쿠에는 팥을 살아 있는 존재처럼 대한다. 얼굴을 가까이 대고 팥의 안색을 살피고 팥의 말을 들어준다. 팥이 걸어온 날들, 팥이 지나온 맑은 날, 흐린 날, 바람 부는 날의 이야기를 들어주는 것이다. 도쿠에는 세상에 존재하는 모든 것들은 자기만의 언어를 갖고 있다고 생각한다. 밤하늘에 반짝이는 별도 달도 바람도, 바람에 흔들리는 풀도, 그리고 팥 또한 그렇다.

이렇게 정성을 다한 팥소는 맛있고 한 알 한 알이 살아 있어 예쁘기까지 하다. 센타로는 처음으로 도라야키 하나를 다 먹는다. 4년 동안 도라야키를 만들었지만 많은 것들이 처음인 그는 도쿠에에게 왜 이렇게까지 하느냐고 묻는다.

"할 수 있는 걸 하는 것뿐이야."

도쿠에는 담담하게 답한다. 별것 아닌 듯 대수롭지 않게 말하지만 실은 매우 어려운 이야기다. 할 수 있는 게 많을 때는 이런 말을 할 필요가 없기 때문이다. 할 수 있는 게 하나도 없을 때, 할 수 있는 거라곤 별수 없이 하찮은 것뿐일 때 하는 말이다. 스스로 헤쳐나가는 눈길과 같다.

도쿠에에게 단팥이 그런 것이었다. 열네 살에 한센병을 앓아 평생 요양원에 갇혀 살아온 그는 팥소와 빵에서 길을 찾았다. 견디기 힘든 괴로움 속에서 달콤한 빵을 만들어 힘든 사람에게 주었다. 그가 도라하루에 온 것도 인생을 다 산 듯 절망적인 센타로의 얼굴을 보고 도와주고 싶어 손을 내민 거였다. 도쿠에는 벚꽃이 피고 지는 두 계절 동안 함께 팥소를 만들며 센타로의 쓴 인생에 달콤함을 전해주고 작별을 고한다.

"마음 가는 대로 해보세요."

"조금은 인생을 자신이 원하는 쪽으로 이끌어 가보세요."

도쿠에가 센타로에게 알려준 삶의 지혜다. 아무것도 할 수 없을 것같이 깜깜해도 자기 길을 찾아 조금씩 자신이 원하는 쪽으로 걸어가 보라는 말이다. 도쿠에의 단팥은 그 과정이었고 결과였다. 달콤하지 않은 것들로 만들어진 달콤함이다.

수천 년 전 아리스토텔레스는 인간이 느끼는 기본 맛을 단맛과 쓴맛 두 가지로 꼽았다. 그 뒤로 오랫동안 인간의 기본 맛은 단맛, 쓴맛, 신맛, 짠맛 네 가지였다. 그러다 20세기 초 감칠맛이 발견됐고 최근엔 고소한 지방 맛이 여섯 번째 맛으로 인정받았다. 사람에 따라 깊은 맛이나 금속성 맛 등 열다섯 가지 이상을 느낀다고 한다. 하지만 나는 이 고대 철학자의 주장에 마음이 간다. 인생은 달콤하지만 씁쓸하고, 씁쓸하지만 진짜 달콤하다. 인생 최고의 달콤한 순간이 하락의 예고를 안고 있을 때가 있다. 가장 괴롭고 힘들었던 시간이 지나고 보면 그립고 달콤한 시간일 때도 있다. 반대로 지금 달콤한 행복이 최악의 쓴 거짓으로 밝혀질 수도 있다. 죽음을 앞둔 사랑하는 사람과 함께하는 즐거운 시간은 기쁨일까 슬픔일까. 인생의 맛은 빛과 어둠이 함께하는 달콤 쌉싸름한 맛이다. 오랜 고통의 시간이 녹아든 도쿠에의 단팥이 말하듯 100퍼센트 달콤함으로만 이뤄진 완벽한 달콤함은 없다.

센타로는 이제 소금 도라야키에 도전한다. 앞이 보이지 않을 땐 지금 할 수 있는 것을 하며 인생을 조금이라도 자신이 원하는 쪽으로 이끌어 가보라는 도쿠에의 조언을 따라 단맛보다 짭조름한 맛을 좋아하는 사람들을 위한 도라야키를 만들어보기로 한 것이다. 그는 맛있는 소금 도라야키 만들기에 성공했을까. 아니면 단맛과 짠맛의 이상적인 조합을 찾지 못해 실패했을까. 누구도 모른다. 소금 도라야키에 실패했지만 그 덕분에 오랜 꿈이던 작가의 길로 갔을 수도 있고 소금 도라야키는 대히트를 쳤지만 인생은 힘들어졌을 수도 있다.

분명한 건 도쿠에의 단팥 도라야키 덕분에 하루하루가 절망이었던 센타로가 인생의 달콤함을 알게 됐다는 것이다. 도쿠에의 단팥은 고통과 슬픔, 이별의 눈물이 함께했지만 분명히 달콤했다. 센타로가 그 단맛의 감각을 잊지 않기를 바란다. 화려하고 자극적인 달콤함에 목매는 게 아니라 일상의 때가 묻고 많은 것들이 뒤섞여 있는 밍밍한 달콤함도 알아채는 감각 말이다.

어쩌면 인생의 달콤함은 느끼는 게 아니라 발견하는 것인지 모른다. 아주 작은 달콤함을 발견하고 제대로 누릴 줄 안다면 센타로의 삶도, 우리의 삶도 더 달콤해질 것이다.

다시 돌아가는
대관람차처럼

놀이공원에 가면 대관람차를 꼭 탄다. 저 멀리에서도 보일 정도로 커다랗게 자리 잡고 그 덩치에 어울리지 않게 조용히 움직이는 관람차는 우리의 희로애락과 자잘한 감정들을 껴안고 묵묵히 살아가는 사람을 닮았다. 유난 떨지 않고 소란하지도 부산스럽지도 않게 흔들림 없이 삶을 자기 페이스대로 끌고 나가는 큰 사람. 그래서 실제로 올라타면 낭만적인 외관과 달리 별로 재미가 없다는 것을 알면서도 대관람차만은 꼭 탄다.

오래전 도쿄 오다이바 팔레트 타운에서 관람차를 탔

다. 높이 115미터, 여덟 가지 색의 곤돌라 64개, 한 바퀴 도는 데 16분 걸리는 자이언트 스카이 휠. 규모 경쟁이 치열한 놀이공원 세계에서 한때 잠시나마 '세계 최고' 타이틀을 지녔던 관람차다. 꽤 지났지만 그날 천천히 돌아가는 관람차를 보면서 느낀 쓸쓸함과 아릿함에 대한 기억이 또렷하다.

단기 연수를 떠난 남편을 따라 1년간 휴직을 하고 도쿄에 살던 중이었다. 직장 생활 13년 만에 처음으로 얻은 귀한 장기 휴가였다. 도쿄로 떠나기 전에 두 가지 목표를 세웠다. 하나는 일하느라 제대로 시간을 함께 못 보낸 딸과 재밌게 노는 것이고, 다른 하나는 새로운 일을 모색하는 것이었다.

기자로 10년 넘게 일했지만 과연 내게 맞는 일일까 고민을 계속 하던 중이었다. 다양한 곳을 취재하고 여러 취재원을 만나 새로운 것을 배우는 일은 즐거웠지만 사건에 돌진해 취재원과 거세게 기싸움을 벌이며 특종을 해내는 전형적인 사건기자와는 거리가 멀었다. 무엇보다 육아와 양립하기엔 일이 너무 바쁘고 거칠고 불규칙적이었다. 돌파구를 찾지 못한 채 출근하고 퇴근하던 관성의 쳇바퀴에서 벗어나게 됐으니 이번에야말로 새 길을 모색해보겠다고 의지를 다지고 또 다졌다. 하지만 야속하다는 말이 모자랄 정도로 시간은 빠르게 지나갔다. 좀 쉬고 놀다 보니 복직할 날이 벌써 코앞이었다.

나의 초초한 사정과 착잡한 마음은 아랑곳하지 않고 자기만의 속도로 유유히 돌아가는 관람차가 보여주는 담담함, 태연함, 초연함, 거기에 살짝 묻어나는 약간의 허무함 같은 것이 나를 멜랑콜리한 감상에 빠뜨렸다.

그때 난 30대 한창 젊은 나이였는데 어이없게도 내가 굉장히 늙었다고 생각했다. 취직했고 결혼했고 아이를 낳아 엄마도 되어 인생의 굵직한 변수들이 다 정해졌으니 이제 더 바뀔 것도 새로울 것도 없다고 여겼다. 땅에서 하늘로 올라갔다 꼭대기에서 다시 땅으로 내려오는 관람차처럼 나의 앞날도 같은 궤도를 지루하게 무한 반복할 것 같다는 감상에 젖었다.

지금 보면 '늙었다'는 가당찮은 느낌은 사실은 너무 젊었기 때문이었다. 너무 젊어서 그 뒤로 얼마나 긴 시간들이 있는지 상상하지 못했다. 지금 막다른 골목 같아도 그 끝에 또 다른 길이 있고 그 길은 길고 길게 이어져 있다는 걸 몰랐다.

하지만 관람차를 보고 쓸쓸함을 느낀 건 나만은 아니었다.

"즐겁지만 좀 쓸쓸한 놀이기구라고 생각해."

미우라 시온의 소설 『배를 엮다』의 주인공인 사전편집자 마지메와 요리사 가구야의 대화다. 순진한 마지메가 첫눈에 반한 하숙집 손녀 가구야와 유원지로 밤 산책을 나온 날이었다. 첫 데이트이기도 했다. 두 사람은 회전목마와 관람차를 차례로 탄다. 약삭빠르지 못하고 남의 시선과 관계없이 진지하게 자기 할 일을 하며 살아가는 이들에게 딱 어울리는 놀이기구였다. 그중에서도 관람차를 제일 좋아한다는 두 사람은 관람차에 빗대 일에 관한 이야기를 나눈다.

가구야는 요리가 관람차 같다고 했다. 아무리 맛있는 요리를 만들어도 사람들이 먹고 한 바퀴 소화 과정을 거치면 밖으로 배출된다는 것이다. 그래서 허무하다고 했다. 가구야 이야기를 들으며 마지메도 같은 생각을 한다. 사전 만들기 역시 관람차처럼 쓸쓸하다고. 아무리 말을 많이 모으고 정확하게 정의 내리고 풍부한 용례를 달아 좋은 사전을 만들어도 진정한 의미에서 사전의 완성은 없기 때문이다. 말이 끊임없이 변하는 이상 아무리 열과 성을 다해도 영원히 불완전할 수밖에 없다. 관람차처럼 완벽하게 360도를 돌아도 다시 0점에서 출발해야 했다. 하지만 그렇다 해도 말로 생각을 전하려는 사람이 있는 한 온 힘을 다해 사전을 만들겠다고 생각한다. 가구야도 마찬가지였다. 때론 요리가 허무하지만 그럼에도 더 깊은 요리의 세계로 걸어가는 중이었다. 묵묵히 지속하는 에너지를 가진 관람차처럼 말이다.

〈행복한 사전〉이라는 영화로도 만들어진 『배를 엮다』는 도쿄 겐부쇼보 출판사 영업부의 왕따 마지메가 전통의 사전편집부로 전격 스카우트되면서 시작된다. 영업부에선 있는지도 모를 정도로 존재감 제로였던 그지만 사전 편집자로선 완벽하다. 넓은 시야에 책과 언어를 탐닉하고 인내심이 강하고 꼼꼼하다. 학교에서도 회사에서도 언제나 곁도는 아웃사이더였고 모두들 그의 엉뚱함에 고개를 갸웃하며 멀리했다. 하지만 사전 편집부 사람들은 그를 순식간에 알아본다. '아, 우리 사람이구나.'

사전편집부엔 말과 언어, 그리고 사전을 사랑하는 사람들이 모여 있다. 사전 표지에 이름을 올릴 학자를 꿈꿨지만 가능성이 없음을 알고 출판사에 입사해 37년째 사전을 만들고 있는 아라키, 언제 어디서나 낯선 단어와 색다른 말의 용법을 찾아 헤매는 편집부 고문 마쓰모토. 그는 용례집 작성에 정신이 팔린 나머지 종종 연필로 국수를 먹거나 젓가락으로 글을 쓴다. 남들 보기엔 날라리지만 사전편집부에서 인정받기를 원하는 니시오카와 실무 능력이 뛰어난 사사키. 여기에 3년차 직원 마지메가 들어와 '원 팀'이 된다.

목표는 새로운 사전 『대도해大渡海』만들기다. 표제어 23만 단어, 2,900여 페이지, 집필자만 5,000명에 이르는 대작업이다. 언어의 바다를 건너는 사전이니, 편집부 직원들은 스스로를 태고에서 미래로, 풍요로운 말의 바다를 건너갈 '배를 엮는' 사람이라고 여긴다.

하지만 '배를 엮는' 작업은 순조롭지 않다. 계획은 지연되고 중단되기 일쑤고, 불황에 예산은 깎이고, 돈이 되는 다른 사전을 먼저 만들기도 한다.

기획부터 15년. 그사이 마지메는 가구야와 결혼해 아빠가 되고 초짜 사원에서 사전 편집부 책임자가 된다. 마쓰모토 선생은 완성을 보지 못하고 세상을 떠났다.

드디어 『대도해』가 완성된다. 출간기념식에서 이들은 마쓰모토 선생 영전에 『대도해』를 올리며 말한다.

"그럼 오늘 밤만 실컷 마시도록 하죠."

"내일부터 바로 『대도해』 개정 작업을 시작하자고."

바다를 건너 항구에 도착했지만 다시 출항이다. 마지메의 말처럼 언어가 계속 바뀌는 한 완전한 사전은 없기 때문이다. 땅에 닿자마자 다시 오르는 관람차를 닮았다.

이들은 언제나 사전 만들기에 전력투구다. 종이 사전이 더 이상 언어와 지식의 기준이 아니고 출판사 경영을 책임지는 스테디셀러가 아닌 시대가 됐지만 변함없다. 못 말리는 사람들. 무엇보다 같은 꿈을 꾸는 사람들이 함께 '마스터피스'를 만드는 일은 멋지고 위대하다.

좋아하는 세계에 몰입해 진심을 다하는 이들의 이야기를 전해온 작가 미우라 시온은 여기서도 사전이라는, 이제는 빛이 바래가는 일을 하면서 빛을 내는 사람들을 보여준다. 이들에게 일은 인생 자체이다.

『피너츠』의 작가 찰스 슐츠에게도 일은 인생 자체였다. 그는 세상을 떠나기 직전까지 매일 작업실에서 코믹 스트립comic strip을 그렸다. 언제나 코믹 스트립 작가가 되길 원했고, 평생 한 번도 지루한 적이 없었다고 했다. 실제로 『피너츠』 마지막 회는 슐츠가 대장암으로 사망한 다음 날 게재됐다.

무라카미 하루키도 매일 새벽 일어나 컴퓨터 앞에 앉을 때 정말 행복하다고 했다. "첫 소설을 쓸 때 느꼈던 기분 좋음, 즐거움은 지금도 변함없다"는 것이다.

날마다 새벽에 일어나 주방에서 커피를 데워 큼직한 머그잔에 따르고 그 잔을 들고 책상 앞에 앉아 컴퓨터를 컵니다. (…) 그리고 '자 이제부터 뭘 써볼까' 하고 생각을 굴립니다. 그때는 정말로 행복합니다. 솔직히 말해서, 뭔가를 써내는 것을 고통이라고 느낀 적은 한 번도 없습니다. 소설이 안 써져서 고생했다는 경험도 (감사하게도) 없습니다. 아니, 그렇다기보다 내 생각에는, 만일 즐겁지 않다면 애초에 소설을 쓰는 의미 따위는 없습니다. 고역으로서 소설을 쓴다는 사고방식에 나는 아무래도 익숙해지지 않습니다. 소설이라는 건 기본적으로 퐁퐁 샘솟듯이 쓰는 것이라고 생각합니다.

- 무라카미 하루키, 『직업으로서의 소설가』

나에게 일은 도쿄 겐부쇼보 출판사 사전팀원처럼 일생을 거는 '천직' 같은 건 아니다. 슐츠처럼 항상 재밌지도 않고, 하루키처럼 늘 설레고 행복하지도 않다. 즐겁기도 하지만 하기 싫었던 적도 있었고, 당장 때려치우고 싶은 날들도 많았다.

일에 대해서라면 알랭 드 보통 쪽에 더 가깝다.

우리의 일은 적어도 우리가 거기에 정신을 팔게는 해줄 것이다. 완벽에 대한 희망을 투자할 수 있는 완벽한 거품은 제공해주었을 것이다. 우리의 가없는 불안을 상대적으로 규모가 작고 성취가 가능한 몇 가지 목표로 집중시켜줄 것이다. 우리에게 뭔가를 정복했다는 느낌을 줄 것이다. 품위 있는 피로를 안겨줄 것이다. 식탁에 먹을 것을 올려놓아 줄 것이다. 더 큰 괴로움에서 벗어나 있게 해줄 것이다.

- 알랭 드 보통, 『일의 기쁨과 슬픔』

일은 희망이고 성취이지만 거품이고 피곤이기도 하다. 엄청난 숙명이나 거대한 운명이기보다는 아주 소중한 밥벌이다. 알랭 드 보통의 말처럼 기쁨과 슬픔이 있는, 나의 중요한 부분이고, 일상이고 생활이며 나의 정체성이다.

90년대 초 신문사에 들어와 일한 지 벌써 30년이 넘었다. 스스로 이렇게 오래 일을 할 줄 몰랐다. 입사한 직후 한 여자 선배가 내 낯가림을 지적하며 기자에 어울리지 않는다고 해 큰 상처를 받았던 기억이 난다. 시간이 한

참 지나 그 선배에게 물어보니 자기가 그런 말을 했냐며 기억조차 못 했지만 나에겐 오랫동안 콤플렉스였다. 물론 많은 콤플렉스가 그렇듯, 일하는 데 동력이 되기도 했다.

선배의 말이 아니더라도 일하면서 이 일이 내게 맞지 않는다고 느낀 순간들이 부지기수였다. 좋은 문화부 기자가 되고 싶었지만 나의 문화적 기초가 변변치 않다는 것을 금방 알게 됐다. 초짜 시절엔 오히려 멋모르고 다니다 세상을 조금 알게 되자 뛰어난 작가, 훌륭한 학자, 자신의 분야에서 일가를 이룬 사람들을 만나 대화하고 기사를 쓰는 것이 엄청나게 부담스러워졌다. 문학 담당 기자 시절엔 작가 인터뷰를 하고 나면 글쓰기의 대가인 작가들이 내 기사를 읽을 거란 생각에 기사를 쓰는 것이 힘들기도 했다. 부끄러워서 짐을 싸야겠다고 생각한 적도 있었다. 마음에 들지 않는 부서로 발령 나 미칠 것 같았던 적도 있었고 승진에 누락돼 억울한 적도 있었다. 오랜 숙고 끝에 사표를 썼다가 이튿날 마음이 바뀌어 부장께 없던 일로 해달라고 간청했던 웃지 못할 일도 있었다.

그럼에도 일이 너무 재미있어 정신 팔린 적도 많았

다. 그 누구보다 뛰어난 최고의 기사를 쓰겠다며 도전의식을 불태우기도 했고, 쓰는 어휘가 부족하다고 느껴 소설들을 읽으며 낯선 단어들을 골라 단어장을 만들고 사전을 탐독하는 열정을 보이기도 했다.

일은 내 삶이 아무것도 아닌 것 같다고 생각될 때 작은 버팀목이 되어주었다. 깨진 적도 많았지만 그 덕분에 좀 성숙해지기도 했다. 좋은 동료를 만났고 돈도 벌었다. 무엇보다 새로운 것을 배워가는 게 좋았다. 몰랐던 것을 알게 되고 주변 사람들과 함께 이야기하기에 신문사만한 곳이 없었다. 직장이지만 나에겐 오랫동안 학교였다. 흔히 일work과 삶life을 분리하지만 일은 그저 돈을 버는 노동만은 아니다. 그 안에 노동이 있지만 사람도 있고, 관계도 있고, 나의 꿈과 바람들, 시간과 일상이 들어 있다. 오랜 시간을 일하며 지내온 끝에 일이란 삶과 자연스럽게 연결돼 있음을 알게 됐다.

오래전 오다이바 관람차 앞에서 늙었다고 생각했던 그때보다 지금 훨씬 나이 들었지만 더는 그런 생각을 하지 않는다. 그때 늙었다고 생각한 게 너무 젊었기 때문이라면, 지금은 반대다. 한국 여성 평균 수명의 절반을 넘은 나이가 되고 보니 오히려 나이 들었다고 푸념하고 지낼 시간이 없다. 10년 뒤 내가 오늘을 얼마나 그리워할까 생각하면 더 그렇다. 흔한 말이지만 오늘의 나는 내일의 나보다 젊다. 또 나이 들면서 시간은 매번 그 시간만의 새로운 장을 열어준다는 사실도 알게 됐다. 이젠 지나온 과거가 아니라 미래에서 나를 보려 한다. 10년 뒤 나에게 잘 살아서 당신을 좀 더 괜찮은 사람으로 만들어주겠다고 이야기해본다. 남들 눈에 성공한 사람이 아니라 내가 생각하기에 더 좋은 사람 말이다.

이제는 하늘에서 땅으로 도착했다 다시 하늘로 올라가는 관람차가 땅으로 떨어질 바윗덩이를 산꼭대기로 다시 밀어 올리는 시시포스의 무의미와는 다르다는 걸 알 것 같다. 때론 지치고 때론 힘들어도 꾸준히 나아가는 것이다. 나의 페이스를 잃지 않고 나름의 최선을 다해 나의 삶을 쌓아가는 것이다. 유유히 돌아가는 관람차처럼 담담하고 단단하게.

서가 사이 걷기

책은 오랫동안 나의 일이고 취미다. 나뿐 아니라 책 읽기는 한동안 많은 한국인의 취미였다. 요즘은 취향이 잘게 나눠지고 취미도 다양해졌지만 1990년대까지, 시간을 조금 더 올라가면 2000년대 초까지, 취미라면 독서라고 말하는 이들이 적지 않았다. 당시엔 책 읽기가 누구나 쉽게 할 수 있는 대표적인 문화 활동이기도 했고 어쨌든 책은 읽어야 한다는, 조금 과장하면 독서에 대한 사회적 의무감 같은 것이 있었다. '오늘은 바빠서 못 읽어도 내일은 (혹은 언젠가 시간이 나면) 책을 읽어야지' 하는 것이 보통 사람들의 보통의 다짐이었다. 결국 바빠서, 틈이 없어 못 읽는다 해도 말이다. 그래서 책을 좋아하든 아니든 평소 책을 많이 읽든 아니든 많은 사람들이 책 읽기를 취미라고 말했다.

나도 오래전부터 책 읽기가 취미였다. 어린 시절부터 매년 생활기록부 취미란에 독서라고 썼다. 책을 좋아했고 어린이 잡지를 정기 구독하며 잡지에 붙은 독자 엽서를 잘라 빼곡히 써서 출판사로 보내는 것이 큰 기쁨인 '어린 독자'였다. 하지만 독서를 취미라고 하기엔 솔직히 독서량이 좀 모자랐던 듯도 하다. 그 시절 책이 귀했다고 변명할 수 있지만, 주변의 책 좋아하는 친구나 선후배들과 이야기해보면 그 아쉬운 결핍의 시절에도 참 열심히들 책을 읽었다. 그래도 어린 시절 나에게 책은 귀했기에 소중했고, 소중했기에 몰입했고, 몰입했기에 영향도 많이 받았다.

고등학생 때부터는 용돈을 쪼개 산 문고본을 밤새 읽으며 책을 좀 더 부지런히 찾아보기 시작했다. 그 책들을 책꽂이에 줄 맞춰 꽂아두고, 한 권 한 권 늘어날 때마다 뿌듯해했다.

그리고 대학생이 되어 본격적으로 책 읽기에 돌입했다. 그때 나를 책의 세계로 데려간 것은 학교 도서관이었다. 나는 시간이 날 때마다 혼자 도서관에 가서 책을 읽었다. 학생들이 공부하는 1층과 지하에는 얼씬도 하지 않고, 사람을 피해 아무도 없는 서가 옆 구석 작은 자리에 앉아 사방 고요 속에 책을 읽었다.

천장 높은 도서관에 죽 늘어선 서가는 조금 떨어져 보면 원근법의 작동을 정확하게 알게 해주었다. 그 사이를 걷고 서가에 꽂힌 책들을 보는 것만으로도 가슴이 벅찼다. 그저 심리적 감정이 아니라 진짜 가슴 안쪽이 저릿해지는 아주 분명한 육체적 감각이었다. 책으로 가득한 공간이 좋았다. 이렇게 읽을 책이 많다는 것에 설렜고, 동시에 이 많은 책을 언제 다 읽을까 하는 생각에 조급해지기도 했다. 하지만 무엇보다 지금 내가 이곳에 있다는 그 자체로 좋았다. 책장 사이를 걷다가 읽고 싶은 분류의 서가에 서서 책을 골랐고 그 책이 재미있으면 그 저자의 책을 죽 따라가며 읽어나갔다. 그땐 드라마틱한 스토리에 사람들의 인생이 넘치도록 풍부하게 담긴 찰스 디킨스, 빅토르 위고, 도스토옙스키 같은 19세기 작가들에 빠졌었다.

말로 정확하게 표현하지 못해도 나에게만큼은 설명할 필요가 없는 이 마음의 정체는 그 뒤 보르헤스의 단편 「바벨의 도서관」을 읽으면서 좀 더 분명히 알게 됐다. 보르헤스는 우주를 도서관에 비유했다. 우주는 정육각형 진열실이 끝도 없이 무한대로 이어진 도서관이라고 했다. 그 도서관은 여섯 면 중 네 면에 책장이 다섯 개씩 비치되어 있고, 각 책장에는 똑같은 크기의 책 서른두 권이 꽂혀 있다. 각 책은 410페이지. 각 페이지는 40행, 각 행은 80여 개의 검은 글자로 이뤄져 있다고 했다. 그 우주 도서관에는 똑같은 책이 한 권도 없으며 도서관이 태곳적부터 존재했다는 사실에 미뤄 미래에도 영원할 거라고 했다. 보르헤스는 이렇게 말한다.

유일한 종족인 인류가 멸망 직전에 있다 해도 '도서관'은 불을 환히 밝히고 고독하게, 그리고 무한히, 미동도 하지 않은 채, 소중하고 쓸모없으며 썩지 않고 비밀스러운 책들을 구비하고서 영원히 존속할 것이라고 생각한다.

- 호르헤 루이스 보르헤스, 「바벨의 도서관」

"쓸모없으며 썩지 않고 비밀스러운 책들"이라니 밑줄을 긋지 않을 수 없다. 쓸모없다는 건 현실의 필요를 넘어선다는 뜻이며, 썩지 않는다는 건 만물의 법칙을 넘어 영원하다는 뜻이니 책은 결국 영원한 진리라는 의미다.

우주가 도서관이라는 보르헤스의 말을 그대로 받아들여 크리스토퍼 놀란 감독은 영화 〈인터스텔라〉에서 시공을 초월한 우주를 책장으로 표현하기도 했다. 하지만 우주가 도서관이라는 보르헤스의 말은 뒤집어 보면 도서관은 무한대의 우주라는 말이기도 하다. 책 한 권한 권이 담고 있는 숱한 사람들의 수많은 사연들, 그들의 말, 그들의 이야기, 그들의 인생, 세계의 모든 지식과 정보들, 누구도 모르는 세상의 비밀들까지. 그리고 이 모든 것을 넘어 끝도 없이 멀리 멀리 뻗어가는 상상……. 이런 것들을 담아낸 책들이 수천 수만 수천만 권 모여 있으니 도서관은 보르헤스의 말대로 끝없이 이어진 우주일 수밖에 없다. 내가 서가 앞에 서서 느낀 벅참은 아마도 이 광대한 세계 앞에 서 있다는 황홀감이었을 것이다.

『시간 여행자의 아내』를 쓴 작가 오드리 니페네거가 지은 그래픽 노블 『심야 이동 도서관』에는 사람들이 평생 읽은 것이 모두 꽂혀 있는 도서관이 나온다. 주인공 알렉산드라는 어느 날 밤 인적 없는 거리에서 환하게 불을 밝힌 낡은 캠핑카를 개조한 심야 이동도서관에 들어간다. 좋아하는 밥 말리의 노래가 흘렀고, 서가의 책들은 모두 어디선가 본 듯했다. 그는 곧 그곳에 자신이 읽은 모든 글들이 시간 순서대로 꽂혀 있음을 알게 된다. 교과서, 소설책, 시집, 일기, 심지어 시리얼 포장까지. 그곳을 지키는 사서인 노신사는 이 심야 이동 도서관에는 사람들이 읽은 책과 글이 모두 보관돼 있고, 사람마다 별도의 도서관이 있다고 말한다.

내가 읽은 모든 책이 꽂혀 있는 도서관이라니 얼마나 매혹적인가. 만약 나의 도서관이 있다면 그곳엔 어떤 글들, 어떤 책들이 있을까. 한번쯤 그 도서관 서가를 찬찬히 보고 싶다.

그 사람을 알고 싶으면 그의 서가를 보라는 말처럼 거기에 꽂혀 있는 글과 책들은 나의 시간들, 나의 사람들, 나의 비밀들, 결국 나 자체일 테다. 그렇다면 지금의 내가 나의 도서관일 수밖에 없다. 얼굴, 몸, 손과 발을 가진 나 자신을 도서관이라는 공간으로 떠올려보는 것은 매우 흥미로운 상상이다. 나는 어떤 도서관일까.

『심야 이동도서관』의 주인공 알렉산드라는 이 도서관에 매료돼 매일 밤 그곳을 찾아 헤매고 영원히 그곳에서 살고 싶어 한다. 지금이 행복하지 않은 그는 지난 시간과 사라진 추억에 갇혀버리길 원한다. 하지만 아무리 그리워도 과거는 과거일 뿐이다. 반대로 아무리 아파도 과거는 과거일 뿐이다. 과거의 책이 모두 꽂혀 있는 서가에서 옛날 책들을 뒤적이기보다 그 서가에 어떤 책을 꽂을지에 맘을 더 둬야 하지 않을까.

『심야 이동도서관』이 내가 걸어온 과거가 기록된 도

서관이라면, 매트 헤이그의 『미드나잇 라이브러리』는 내가 가지 않은, 가지 못한 가능성들의 도서관이다. 서른다섯의 노라 시드. 어린 시절 유망한 수영선수였고 한때 유명 레코드 회사와 계약 직전까지 간 밴드 가수였지만, 지금은 남자친구와 파혼하고 우울증에 시달리며 10년 넘게 일한 악기점에서도 해고된 처지다. 돌보던 고양이마저 죽어버리자 노라는 이 하찮고 지질한 삶을 더 이상 견딜 수 없어 죽기로 결심한다.

밤 11시 22분. 하지만 노라가 눈을 뜬 곳은 삶과 죽음 사이에 있는 '미드나잇 라이브러리', 자정의 도서관이다. 천장에 닿을 듯 끝없이 이어진 서가엔 초록색 책들이 빼곡히 꽂혀 있다. 이 책들엔 과거에 다른 선택을 했다면 살았을 인생들이 담겨 있다. 노라는 책을 한 권 한 권 펼쳐 후회하는 것들, 만약 그러지 않았다면 살았을 인생 안으로 차례차례 들어간다. 다른 삶에서 노라는 행복했을까?

하지만 삶은 그렇게 간단하지 않았다. 하나를 얻으면 하나를 잃었고, 그가 원했던 다른 삶에서도 새로운 문제가 생기며 제2, 제3의 인생도 전혀 예상치 못한 방향으로 흘러갔기 때문이다. 노라는 이 거대한 인생의 도서관에서 결국 자기 삶의 균형을 찾아낸다.

『심야 이동도서관』과 『미드나잇 라이브러리』가 한 사람의 생을 담은 도서관이라면, 카를로스 루이스 사폰의 『바람의 그림자』에는 사라진 책들의 도서관이 나온다. '잊힌 책들의 묘지'. 언제부터 있었는지 알 수 없을 정도로 오래된 '잊힌 책들의 묘지'는 비밀 회원제로 운영되는 도서관으로, 세상에서 잊힌 책들이 끝도 없이 이어진 서가에 정리돼 있다. 세상 곳곳의 도서관과 서점이 문을 닫을 때, 혹은 책이 갈 곳을 잃고 헤맬 때, 책의 수호자들은 그 책들을 데려와 이곳에 보관한다.

회원들은 이곳을 처음 찾을 때 그중 한 권을 골라 자신의 책으로 삼고 평생 그 책이 사라지지 않고 영원히 남을 수 있도록 지켜야 한다. 아버지의 손에 끌려 도서관을 방문한 열 살 다니엘은 그곳에서 훌리안 카락스라는 작가의 『바람의 그림자』를 자신의 책으로 가져온다. 하지만 그 뒤 이 책을 불태우려는 의문의 사나이의 추격을 받게 되면서 다니엘의 삶과 훌리안 카락스의 삶은 얽혀 버린다. 다니엘은 책을 지키기 위해 『바람의 그림자』를 다시 '잊힌 책들의 묘지'에 숨긴다.

1945년 안개 낀 바르셀로나의 '잊힌 책들의 묘지'가 아니라도 모든 도서관은 책이 사라지지 않게 지켜주는 곳이다. 그곳의 주인은 사람이 아니라 책이다. 세상이 바뀌면서 이제 그 운명을 걱정하게 됐지만 책은 여전히 넓고 깊다.

책은 사람의 인생을, 세계의 역사와 시대의 운명을, 그리고 끝을 알 수 없는 거대한 우주와 광대한 시간을 품고 있다. 아무 말도 하지 않고 과묵하게 서가에 자리한 채 오랜 시간 펼쳐지기만을 기다린다. 누군가 그 책장을 열면 책은 그 안에 담긴 이야기를 아낌없이 들려준다. 그 사람이 누구든 어떤 사람이든.

기자 생활을 하면서 많은 시간 책을 읽고 책에 대한 기사를 써왔다. 세상이 아무리 변해도 책이 참 좋다. 그리고 그 책들이 꽂혀 있는 서가를 사랑한다. 서가 사이를 걷고 서가에 꽂힌 책들을 보고 손가락으로 책등을 드르록 훑고 그중 한 권을 빼내 펼쳐본다. 때론 숱한 영화와 소설 속 이야기처럼 그 서가에서 길을 잃어 환상의 책 세계로 가는 상상도 한다. 서가 사이에 선 모든 순간, 그 사이에서 벌어지는 모든 이야기들을 사랑한다.

봄 벚꽃과
가을 은행잎

도쿄 양식당 엔푸쿠테이에서 일하는 요리사 후지마루는 짝사랑 중이다. 상대는 엔푸쿠테이 근처 국립 T대학 자연과학부 마쓰다 연구실에서 식물학을 전공하는 모토무라다. 후지마루는 마쓰다 연구실로 식사 배달을 다니다 사랑에 빠져버렸다. 미우라 시온의 소설 『사랑 없는 세계』에서 전개되는 짝사랑의 사연이다. 첫눈에 반한 사랑은 아니었다. 처음에 그의 눈길을 사로잡은 것은 모토무라가 아니라 초록 식물로 가득한 연구실이었다.

모토무라는 식물에 관심을 보이는 후지마루에게 실험실과 배양실을 보여주고 자신이 연구하는 애기장대 잎을 현미경으로 관찰하게 한다. 애기장대는 길에 나 있어도 눈에 띄지 않는 수수한 풀이지만 게놈이 모두 해독되어 있고 성장이 빨라 식물학에서는 모델 생물로 꼽히는 식물이다. 후지마루는 자신의 연구에 진심을 다하는 모토무라의 열정에, 그런 열정을 가진 모토무라에게 마음을 빼앗겨 버린다. 그래서 그는 자신도 어쩔 수 없이 고백을 해버리고 만다.

"좋아합니다."

하지만 돌발 고백에 돌아온 건 정중한 거절이었다. 거절의 이유가 꽤 독특했다. 자신은 이미 깊이 사랑하는 상대가 있다고 했다. 문제는 그 상대가 바로 모토무라가 연구하는 식물이라는 것이다.

"식물에는 뇌도 신경도 없어요. 그러니 사고도 감정도 없어요. 인간이 말하는 '사랑'이라는 개념이 없는 거예요. 그런데도 왕성하게 번식하고 다양한 형태를 취하며 환경에 적응해서 지구 여기저기에서 살고 있어요. 신기하다고 생각하지 않나요? (…) 그래서 저는 식물을 선택했어요. 사랑 없는 세계를 사는 식물 연구에 모든 것을 바치겠다고 마음을 먹었어요. 누구하고든 만나서 사귀는 일은 할 수 없고, 안 할 거예요."

이것이 모토무라의 답이었다. 그는 식물이라는 은하의 소용돌이에 빠져 있었다. 어려서부터 운동신경이 둔한 탓에 개나 고양이를 쫓아다닐 수 없던 모토무라는 빨리 도망가지 않고 원하는 만큼 볼 수 있으며 언제나 자기 곁을 지켜주는 식물이 좋았다. 싹을 틔우고 꽃을 피우고 어느새 자라 무성해지는 식물의 속도가 딱 좋았다. 그래서 식물이라는 세계의 법칙을 알고 싶어졌다. 평생 이렇게 살다 후회하진 않을까 걱정되기도 하지만 현미경으로 식물을 들여다보면, 그 안에 알고 싶고 설레게 하는 것들이 가득했다. 마음을 두근거리게 하는 것도 연구뿐이었다. 사랑 없는 세계에 대한 사랑은 어쩔 수 없는 선택이었다. 그의 사랑을 받는 건 오로지 식물이었다.

아무리 좋아해도 그 사람이 싫다면 마음 아프더라도 단념해야 하고, 다른 사람을 좋아한다면 시간을 두고 좀 기다려볼 수도 있을 텐데, 경쟁 상대가 식물이라니 후지마루는 마음을 접을 수 없다. 하지만 식물 이외엔 사랑하지 않겠다니 한 걸음도 나아갈 수 없는 매우 난처한 상황이다. 그래서 후지마루가 택한 방법은 모토무라를 계속 사랑하기, 그리고 모토무라가 사랑하는 식물을 알아가며 사랑하기였다. 사랑하는 이가 사랑하는 세계를 사랑해보는 것이다.

모토무라의 사랑을 전혀 이해하지 못할 것도 아니었다. 모토무라가 식물 연구에 집중하듯 그 역시 요리에 집중하고 있었다. 어려서부터 요리를 좋아했던 그의 꿈은 자신의 요리로 사람들을 행복하게 만드는 것이었다. 게다가 식물은 요리와 완전히 다른 세계가 아니었다. 현미경으로 애기장대 잎의 빛나는 세포의 세계를 볼 때 후지마루는 요리에 쓰는 채소, 고기, 생선에도 이런 세포의 세계가 있겠다는 생각에 설렜다. 또 식물의 세계를 알면 알수록 주변 모든 것이 지금까지와는 다르게 보이기 시작했다. 요리에 쓰는 채소는 더 아름답게 빛나고 도시의 풍경 여기저기에 있는 별것 아닌 초록에도 눈이 머물렀다. 결국 후지마루 역시 뇌도 신경도, 그래서 사랑은 없지만 우직하게 빛을 받아들이고, 뿌리를 땅속 깊이 내리고, 가지를 하늘을 향해 뻗어가며 생명을 이어가는 식물에 매혹됐다. 식물은 참 담담하게 강인하다.

텃밭에 도전해본 적이 있다. 초등학생 때부터 아파트 생활을 시작해 거의 40년 만에 마당이 있는 집에 살게 됐을 때였다. 아까운 땅을 그대로 두지 말고 뭐라도 키워보라는 주변 선배들의 부추김 덕분이었다. 서울에서 마당을 갖는다는 건 감사한 일이긴 하다. 그래서 마당 한쪽을 갈아엎고 정리해 상추, 고추, 가지, 오이, 감자, 방울토마토까지 온갖 것을 다 심었다. 처음 해본 시도에 감자 굵기는 너무 잘았고, 오이는 지지대를 타고 올라가지 못한 채 시들어버렸지만 다른 작물들은 큰 문제 없이 잘 자라주었다.

가족들이 하나같이 바빠 당번을 정해놓아도 며칠씩

물 주기를 잊고 지나기가 일쑤였지만, 그렇게 며칠 지내다 휴일 아침에 나가보면 우리가 전혀 돌보지 못한 사이에도 그 아이들은 부지런히 자라고 있었다. 아무것도 해준 것이 없는데도 스스로 살아가는 모습이 놀랍고 때론 감동적이기도 했다.

결국 최소한의 관리마저 자신이 없어 텃밭은 두 해의 시도 만에 끝나버렸지만, 그때 식물의 강한 생명력과 담담함을 보았다. 우리는 우리가 식물을 키운다고 생각하지만 식물은 인간의 보살핌과는 무관하게 인간에게 머리 숙이는 법 없이 자기 생명력을 유지하기 위해 최선을 다한다. 모토무라가 왜 사랑 없는 세계라고 했는지 알 것 같았다. 식물은 인간의 사랑을 구걸하지 않는다.

오랜 시간이 지나 인류가 모두 멸망한 뒤에도 살아남는 건 식물일 거라는 사람들의 예측이 전혀 근거 없는 이야기가 아니라는 생각이 들었다. 식물은 유난 떨지 않으면서도 봄에 싹을 틔우고 꽃을 피우고 열매를 맺고 한 해를 마무리하며 나무줄기에 나이테를 남긴다. 그리고 다시 봄의 싹을 준비한다.

숲을 꽉 채운 나무, 잘 가꾼 정원의 꽃나무, 사무실이나 집 한구석을 지키는 식물 화분도 좋지만, 나는 오고가는 길에 만나는 가로수를 좋아한다. 숲은 따로 시간을 내서 찾아야 하고, 집 안의 식물은 잘 키울 자신이 없어 오래전에 마음을 접었다. 집에 식물이 있으면 보기 좋고 마음도 안정되고 공기 정화도 되겠다며 몇 번 키워보긴 했다. 하지만 화분 하나를 키우는 데도 꾸준한 사랑이 필요했다. 번번이 식물을 죽인 뒤, 잘 키울 자신이 생기기 전까지는 화분을 들여놓지 않기로 했다.

하지만 가로수는 일상 안으로 들어와 있으면서도 내가 책임지지 않아도 되기에 좀 자유롭다. 도시라는 악조건을 견뎌야 하는 나무들에겐 미안하지만, 가로수는 계절의 변화를 말해주고 흐르는 시간 속에서 담담하게 자기 자리를 지킨다는 것이 무엇인지 보여준다.

나무는 바라보기만 해도 좋다. 이유 없이.

사실 이유가 없진 않다. 사회생물학자 에드워드 윌슨은 자연을 좋아하는 것이 생명체의 본질이라고 했다. 윌슨은 이러한 성질을 생명bio과 사랑philia을 합해 '바이

오필리아biophilia'라고 이름 붙였다. 정확하게는 생명, 그리고 생명과 유사한 과정에 가치를 두는 타고난 경향이다. 따라서 특별히 식물이나 나무를 좋아하는 것이 아니라 사람이면 누구나 살아 있는 것에 가치를 두고 좋아한다는 것이다. 몇몇 인류학자는 우리의 먼 조상들이 수백만 년 전 나무에서 내려와 대초원으로 나오면서 진화가 본격적으로 시작되었기에, 인간에겐 푸른 녹지에 대한 무의식적인 기억이 있다고 말하기도 한다.

그런 수백만 년을 거슬러 올라가는 원초적인 마음이 내 심층 깊이 자리하는지 알 순 없지만, 분명한 것은 바쁘게 살아가는 중에도 나무는 나를 행복하게 한다는 사실이다. 사계절이 점점 사라지는 시대에도 나무는 사계절을 잊지 않는다. 봄이면 꽃을 피우고 여름엔 푸른 잎들로 그늘을 만들고 가을이면 잎을 물들이고 겨울엔 앙상한 가지를 드러내지만, 봄이 오면 다시 싹을 틔운다. 시간 속에서 지치지 않고 우직하게 자신의 속도를 지켜내는 것이 놀랍다.

식물이 우직하게 빛을 추구하며 살아가는 것이 쓸데

없는 일이 아니라면 우리가 태어나 일하고 사랑하며 살아가는 모든 일 역시 쓸데없는 일이라고 할 수 없다는 모토무라의 말이 생각난다.

내가 가장 사랑하는 가로수 길은 봄 벚나무와 가을 은행나무가 아름다운 서울 정동길이다. 회사 바로 옆이라 때론 하루에도 몇 번씩 오가는 길이 이렇게 아름답다는 건 일상에서 누릴 수 있는 행운이다. 수십 년 동안 이 길을 걷는데도 매번 그 아름다움에 놀란다. 정동길이 아름답기도 하지만, 늘 같으면서도 다른 나무들 때문이다. 변함없음과 새로움의 경이다.

아침 일찍 출근했다 저녁 어둑해져 퇴근하기를 며칠 반복하던 어느 날 정동길에 활짝 핀 벚꽃을 볼 때, 내내 연두 잎이었는데 문득 고개를 들어보니 노란 은행잎이 가득할 때 깜짝 놀라 세상을 둘러보게 된다. 만개한 꽃과 풍성한 은행잎은 매일의 일상을 깨는 작은 균열이다.

꽃과 잎을 보려면 고개를 들어야 하고, 고개를 들면 까맣게 잊고 지내던 하늘을 만날 수 있다. 잠시 멈춰 공기를 마시고 꽃잎과 나무를 살짝 만져보기도 한다. 길을 걸으며 내가 이 벚나무와 은행나무 아래를 지나간 숱한 시간들을 꼽아본다. 수십 년 동안 수백 번 수천 번 이 나무 옆을 걸었다.

사랑하는 사람과 설레는 마음으로 걸었고 동료와 친구들과 웃고 떠들며 걸었다. 가벼운 산책에, 글이 막힐 땐 머릿속으로 글 앞뒤를 정리하며 걸었다. 딸을 보러 온 엄마 아빠와 손을 잡고 을사늑약이 맺어진 중명전을 보러 가기도 했고, 마음이 힘들 때면 프란치스코 수도원에 기도를 올리러 오가기도 했다. 그리고 기억하지 못하는 숱한 시간 속에 걸었다.

나조차 기억할 수도 없는 일들이 이 나무들에, 이 나무들 옆 어딘가에 아주 작은 흔적을 남겼을 거라고 생각해본다. 작은 나비의 날갯짓이 뉴욕에 태풍을 일으키듯 내가 걸어가며 흔든 공기, 밟은 땅, 나무에 남긴 손길이 돌고 돌아 봄 벚꽃과 가을 은행잎에 어떻게든 남아 있을 거라고. 그러면 이 나무들은 그저 정동길의 가로수가 아니라 내 인생을 기억하는 기록이 되어 돌아온다. 정동길을 지키는 600살 가까운 회화나무 앞에 서서 마음속으로 600년 동안 무엇을 보았는지 무엇을 기억하고 있는지 물어본다.

김연수의 단편 「세계의 끝 여자친구」에는 메타세쿼이아 나무 아래 묻은 사랑의 편지가 나온다. 암으로 세상을 떠난 시인이 연인에게 보내는 사랑의 편지다. 시인은 사랑하는 이와 세계의 끝까지 가고 싶었지만, 정작 두 사람이 간 곳은 동네의 메타세쿼이아 나무까지였다. 거기가 그들에겐 갈 수 있는 세계의 끝이었다.

소설의 화자인 '나'는 시인의 스승이었던 희선 씨와 함께 메타세쿼이아 나무 아래서 시인의 편지를 찾아낸다. 두 사람은 편지를 연인에게 직접 전달해주려 한다.

시인은 세상을 떠났고 그가 사랑했던 여인은 그를 까맣게 잊었을지 모른다. 어쩌면 시인 혼자만의 애틋한 사랑이었을 수도 있다. 그래도 메타세쿼이아 나무만은 그의 사랑을 기억해주리라고 믿는다.

정동길의 봄 벚꽃과 가을 은행잎도 나를 기억해줄까. 「세계의 끝 여자친구」의 '나'가 믿듯 나도 믿는다. 그리고 『사랑 없는 세계』의 후지마루도 믿는다. 그는 식물 연구에 매진하는 모토무라에게 맛있는 요리를 만들어주며 계속 그녀를 열렬히 사랑한다. 후지마루는 안간힘을 다해 믿는다. 모토무라가 사랑하는 식물은 자신이 만드는 요리의 재료가 되니 식물에 대한 모토무라의 사랑과 요리에 대한 자신의 사랑이 다르지 않다고. 식물은 '사랑 없는 세계'일지라도 그것을 알고 싶어 하는 마음은 사랑이니 자신도 모토무라도 사랑으로 연결된 세계에 함께 있다고 생각한다. 그래서 그는 '사랑 있는 세계'에서 그녀를 계속 사랑한다.

나의 노래

우리가 노래를 부르지만 때론 노래가 우리를 부른다. 음악은 나조차 까맣게 잊고 있던 시간을 불러내 그 음악과 함께한 추억을 눈앞으로 데려온다. 음악을 들을 때 뇌는 다양한 영역을 쓰면서 음악과 당시 사건, 경험들을 베를 짜듯 교차 부호화해 저장하기 때문이라고 한다. 그래도 신기하다. 인간의 본능인 음악은 오랜 창고지기 같다. 기억의 창고를 지키다 '달칵'하고 문을 열어 자신과 함께했던 그 시절의 얼굴들을 보여준다.

사람들에겐 누구나 '나의 노래'가 있다. 어떤 식으로

든 인연을 맺은 노래들이다. 그 음악이라면 나에 대해 많은 것을 이야기해준다. 음악평론가로 활동했던 음악광 소설가 닉 혼비는 때로 사람들이 내가 누구인지, 나는 어떤 사람인지, 어떤 사람이 되고 싶은지 말해주는 노래를 만난다며 그건 마치 사랑에 빠지는 것과 비슷하다고 했다. 우리가 반드시 가장 좋은 사람, 가장 현명한 사람, 가장 아름다운 사람을 사랑하게 되는 것이 아니듯, 누가 뭐라든 나를 말해주는 노래가 있다는 것이다.

닉 혼비의 첫 소설 『하이 피델리티』는 그런 노래에 관한 이야기다. 서른다섯 살이나 먹도록 어른이 되지 못한 음악광 롭의 성장담이지만 팝 음악에 대한 닉 혼비의 애정 넘치는 기록이기도 하다. 글로 읽는 음악이라 할 정도로 페이지 페이지마다 1960년대부터 70, 80년대에 이르는 팝 명곡이 쏟아진다. 혼비의 '나의 노래' 리스트인 셈이다. 소설은 영화 〈사랑도 리콜이 되나요〉로도 만들어졌다.

롭은 런던 할러웨이 거리에서 작은 음반가게 '챔피

언십 바이닐'을 운영한다. 펑크, 블루스, 솔, R&B, 인디 음악과 60년대 팝을 구비한 좁고 우중충한 곳에서 그는 음악을 듣고 음악 이야기를 하고 음악 컴필레이션 테이프를 만들고 수집한 음반을 정리하며 하루를 보낸다. 일이 끝난 뒤엔 펍에서 맥주를 마시면서 다시 음악 이야기를 하는 게 인생의 전부다. 자신의 음악적 취향이 최고라고 내세우며 적당히 대중적인 노래는 음악도 아니라고 열을 내지만, 정작 인생에 대해선 열정이 사라진 지 오래다. 그런 그가 여자친구 로라에게 이별 통보를 받고는 처음으로 자기 인생이 어디서부터 잘못됐는지 고민하게 된다.

'최고 명반 베스트 5' '가수의 첫 앨범 베스트 5' 등 각종 베스트 5 뽑기가 취미인 그는 자신에게 '굴욕감을 준 여자친구 베스트 5'를 만들어 차례로 만난다. 자기 인생이 꼬인 건 계속된 연애 실패 때문이라는 나름의 판단에 근거해 인생 실패의 원인을 찾아보겠다는 것이다. 하지만 실연에 괴로워하는 와중에도 로라의 새 남자친구가 자기보다 섹스를 잘하는지가 제일 궁금하고, 로라 주변을 맴돌면서도 한순간 꽂힌 여자와 하룻밤 관계를 가진다. 혼비 소설의 주인공은 다들 롭처럼 어른이 되지 못한, 좀 한심하고 지질한 인물들이다. 작가 말대로 청소년기에서 성장을 멈춘 사람들이다. 그래도 주인공은 성장해나간다.

롭은 전 애인들과 만나면서 자신을 돌아본다. 그때는 미처 알지 못했던 상대의 진정한 모습에 대해, 관계에 대해 생각한다. 자신이 참 못나게 살고 있다는 것과 못나게 군 것은 사실 자신감이 없어서였음을 인정한다. 무엇보다 로라를 깊이 사랑한다는 것을 알게 된다. 우여곡절 끝에 인생과 사랑에 대한 책임을 진지하게 받아들이려는 롭은 로라에게 다시 고백한다.

망해가는 음반가게에서 인생도 실패하기 직전이었던 그는 음악에 대한 열정을 다시 살려본다. 로라의 도움으로 클럽 디제이로 선 날, 롭은 로라를 위해 노래 한 곡을 튼다. 1960년대 '록&솔의 제왕' 솔로몬 버크의 〈Got to Get You Off My Mind〉. 롭이 너무나 좋아하는 노래이고, 몇 년 전 로라가 클럽 디제이로 일하던 롭에게 신청한 노래였다. 그때 롭은 로라에게 첫눈에 반했다.

노래가 시작되자 로라는 알아차렸다는 듯 엄지손가락을 들어 올리며 춤을 춘다. 사랑의 시작과 끝, 그리고 또 다른 시작의 역사가 담긴 '그들의 노래'다. 솔로몬 버크가 아니라 롭과 로라의 〈Got to Get You Off My Mind〉가 되는 순간이다.

사랑을 증명하는 음악이라면 이 사람을 빼놓을 수 없다. 오르간 연주자이자 성공회 사제였던 시미언 피즈 체니(1818~1890) 말이다. 그는 사랑하는 아내가 세상을 떠나자 아내가 사랑했던 정원에 머물며 그곳에서 나는 모든 소리를 악보에 옮겼다. 지저귀는 새소리는 물론 바람 소리, 갈대 소리, 비 소리, 마당 돌 위에 떨어지는 물방울 소리까지. 그뿐 아니라 뜨개바늘, 우산, 외투가 끌리는 독특한 소리까지 오선지에 옮겼다.

그에게 정원의 소리를 옮겨 적는 것은 애도이자 그리움이자 사랑의 기록이었다. 세상으로부터 자연의 소리를 억지로 인간 음계에 편입시켰다고 비판받았고, 딸에게조차 광기 어린 집착이라고 비난받았지만 그로선 정원의 소리를 음악으로 남기는 것이 그 누구도 아닌 스스로에게 증명하는 사랑이었다. 그는 사랑은 절대적인 것이기에 세상을 떠났어도 아내를 향한 사랑에 유통 기한 따위는 없다고 했다.

체니는 세상 모든 것엔 그들의 말과 음악이 있다고 여겼다. 그는 생명 없는 사물에게서도 나름의 음악을 들었다. 아내에 대한 사랑이 세상 모든 것에 대해 귀를 열어주었다고 할 수 있다. 체니의 이야기는 파스칼 키냐르의 희곡 『우리가 사랑했던 정원에서』에 고스란히 옮겨졌다. 그 역시 오르간 연주가이기도 한 작가 키냐르는 체니가 기록한 반쯤 찬 양동이 속으로 똑똑 떨어지는 물소리 멜로디에 매혹돼 이 음악을 실제로 여러 무대에서 연주했다. 사제가 사랑했던 부인도, 사제도 세상을 떠났지만 그들의 사랑은 음악으로 이곳에 남았다. 사랑도 음악도 위대하다.

나에게도 나의 노래들이 있다. 1990년에서 1991년으로 넘어가는 몹시 추운 날 들었던 윤상의 〈이별의 그늘〉도 그중 한 곡이다. 내가 내 뒷모습을 볼 수 없을 텐데 〈이별의 그늘〉을 떠올리면 레코드 가게 앞에 서서 노래를 듣고 있는 내 뒷모습이 보인다. 레코드 가게 유리창엔 나의 모습이 비친다.

대학을 졸업하고 대학원에 갔지만 공부가 생각보다 재미없어 고민하던 때였다. 딱히 하고 싶은 것도 없었다. 그러던 차에 친구가 신문사 시험을 같이 보자며 스터디 모임에 초대한 날이었다. 지하철을 타고 처음 가본 동네에 내려 약속 장소로 걸어가고 있었다. 레코드 가게에서 윤상의 노래가 흘러나왔다. 나는 잠시 멈춰 노래를 들었다.

20대는 젊고 아름답지만 힘들고 괴로운 시간이기도 하다. 가능성은 너무 많은데 딱히 손에 쥔 것은 없고, 뭐라도 해야 하는데 뭘 해야 할지 몰라 두려웠다. 주변에서 친구들이 취직하고 유학 가고 빠르게 제자리를 잘 찾아가는 것을 보면 마음이 급해졌다. 이미 너무 늦은 것 같은 기분도 들었다.

그때 누군가 그렇지 않다고, 좀 늦어도 된다고 이야기해 주었으면 좋았을 텐데……. 지금의 나라면 1991년 레코드 가게 앞에 어깨를 떨구고 선 나에게 차근차근 너의 길을 가라고, 시간은 충분히 기다려준다고, 그 시간을 지나고 보니 몇 번의 실패를 해도 괜찮을 만큼의 시간이 있다고 말해줄 것이다.

하지만 그때 누군가 그렇게 이야기해줬어도 내 어깨가 그리 가벼워지진 않았을 것 같다. 긴 시간을 버틸 수 없는 유리 멘탈이었고 실패를 견딜 맷집도 없었다. 세상엔 직접 겪어야만 얻을 수 있는 것들이 있다. 강한 멘탈도 맷집도, 어렵지만 스스로 발을 한 발 내디며 경험해야 생기는 것이다. 그게 우리가 이야기하는 성장이다.

뭘 할 거냐는 질문에 진짜 아무 생각도 안 났던, 참 막막했던 그런 날이었다.

문득 돌아보면 같은 자리지만
난 아주 먼 길을 떠난 듯했어
만날 순 없었지 한번 어긋난 후

나의 기억에서만 살아 있는 먼 그대……

이별한 뒤에야 비로소 사랑했다는 것을 알게 됐다는 사랑 노래였지만 뭘 어떻게 해야 할지 모르는 내 마음을 이야기하는 것 같았다.

그때나 지금이나 대중가요는 사랑 노래가 많다. 이별해서 아프고 헤어져서 슬프고, 그런데 지금도 당신을 사랑하니 제발 돌아와 달라는 애원이다. 막막해서 슬픈 노래에 끌렸고, 슬픈 노래를 듣다 보니 더 쓸쓸해졌다. 그즈음 나는 하나같이 가슴이 찢어질 듯한 노래만 들었다.

"난 네가 바라듯 완전하지 못해/한낱 외로운 사람일 뿐이야" 들국화의 〈제발〉을 목청껏 따라 불렀고,

"내 곁에서 떠나가지 말아요/그대 없는 밤은 너무 쓸쓸해" 빛과 소금의 노래를 듣고 또 들었다.

유재하의 유작 앨범을 들을 땐 이 아름다운 노래를 만든 가수가 여기 없다는 사실에 더 슬퍼졌다. 그래서 테이프가 늘어질 때까지 들었다.

"그대여 힘이 돼주오/나에게 주어진 길 찾을 수 있도

록/그대여 길을 터주오/가리워진 나의 길."

슬픈 노래를 들으며 나를 더 비참한 기분으로 몰아넣었다. 마치 엄청난 비극의 주인공이라도 된 것처럼. 닉 혼비의 말이 맞았다.

비참했기 때문에 음악을 들었을까? 아니면 그런 음악을 들어서 비참했던 걸까? 모든 음악이 사람을 감상적으로 만드는 걸까? 사람들은 어린애들이 총을 가지고 논다고, 10대 청소년들이 폭력적인 비디오를 본다고 걱정한다. 그들이 폭력 문화에 길들까 봐 두려워한다. 하지만 아이들이 무너진 마음, 거부, 고통, 비참함과 상실에 대한 노래를 수천 곡 듣는다 해서 걱정하진 않는다. 내 생각엔 가장 불행한 사람은, 낭만적으로 말해서, 팝 음악을 가장 좋아하는 사람들이다. 팝 음악이 불행을 야기했는지 아닌지 잘 모르겠지만, 불행한 삶을 살아온 기간보다 슬픈 노래를 들은 기간이 더 긴 것은 분명하다.

하지만 나의 '슬픈 노래' 시대는 취직하는 순간 끝나

버렸다. 친구들과 함께 신문사 시험 준비를 하고 시험을 치러 다녔고, 여러 번 떨어진 끝에 합격해 1992년 1월부터 기자 생활을 시작했다. 내 슬픔은 너무나 얄팍했다. 하지만 인생은 또 그런 것이다. 지금의 기쁨에 지난 아픔들을 순식간에 잊어버린다. 공교롭게도 좋아했던 가수 김현식이 1990년 세상을 떠나고, 1991년 〈내 사랑 내 곁에〉가 수록된 그의 유작 앨범이 나왔다. 이래저래 '나의 노래' 한 시절이 끝났다.

그 뒤 시간이 아주 많이 지났지만 내 음악 취향은 그리 달라지지 않았다. 팝보다는 가요, 사랑 타령의 발라드에 조금은 마음을 아프게 하는 노래가 좋다. 폭발하는 드라마틱한 노래보다는 멜로디 진행이 조용한 '맥없는 노래'를 좋아한다. 사람의 음악적 취향은 14세에 대강 정해져 18세에서 20세 사이에 결정된다고 하는데, 나의 노래도 그 시절에 머물러 있다. 그래도 이젠 너무 가라앉을 땐 에너지 넘치는 음악을 들으며 마음을 달랠 정도의 균형을 잡게 됐다.

출퇴근길엔 라디오로 음악을 듣는다. 라디오 음악

프로그램은 무작위로 노래를 들을 수 있어 좋다. 무작위 선곡엔 모르는 노래, 잊었던 노래를 들을 수 있다는 장점이 있다. 그 우연함이 좋다. 하지만 라디오에서 음악보다 말이 많아지면 CD 플레이어를 켠다. 음원과 스트리밍 시대지만 좋아하는 가수의 노래는 CD로 사서 듣는다. CD는 듣고 싶은 노래를 이미 아는 정연한 순서대로 들을 수 있어 좋다. 그 안정감이 좋다.

하긴 해야 하는데 시작이 어려울 때에도 음악이 필요하다. 회사에 도착했는데 유난히 기운 나지 않을 때, 누군가에게 하기 힘든 말을 해야 할 때, 기운을 업시키는 노래를 듣는다. 전투태세까진 아니라도 '자 됐지', '이제 그만 일 좀 하시지'라고 설득할 정도의 워밍업은 된다. 나에게 달콤한 사탕 하나 내미는 셈이다. 마음속으로 '이 사탕 하나에 넘어가야 해?'라고 대꾸하지만 '그럼 어떻게 해. 넘어가야지'라고 스스로를 달랜다.

점심 먹고 가만히 앉아 있기 몸이 무거울 때엔 평소 플레이리스트를 들으며 걷는다. 때론 그날의 날씨, 그날의 기분에 어울리는 노래를 찾아 듣기도 한다. 이런저런 일로 마음이 힘들 때엔 위로하는 노래를 골라 가사를 들으며 걷는다.

집중이 필요할 때도 음악만 한 게 없다. 이때 음악은 주변 소음과 말들을 막아주는 차단벽이다. 음악 차단벽으로 소음이 사라지고 집중도가 어느 정도에 이르면 음악이 들리지 않는 순간이 온다. 이 단계에 오르면 일에 속도가 빠르게 붙는다.

이런저런 생각들로 잠이 오지 않을 때도 음악을 튼다. 불을 끄고 어둠 속에 누워 좋아하는 음악을 듣는 것 외에 아무 생각도 하지 않으려 한다. 걱정과 잡생각이 치고 들어오면 마음속으로 '저리 가'라고 되뇌며 음악에 집중한다. 그렇게 있다 보면 음악 안에서 마음이 조금 편안해지는 순간이 온다.

내가 음악을 찾는 시간은 주로 마음을 가라앉혀야 할 때 아니면 마음이 너무 가라앉아 푹 꺼질 것 같을 때다. 기쁘거나 즐거울 땐 따로 음악을 찾지 않는다. 행복한 순간엔 그것만 즐기기에도 시간이 부족하다. 물론 화창한 여름날 딸과 함께 야외 콘서트장에서 돗자리에 앉아 들었던 노래처럼 행복한 시간을 떠올리게 하는 음악도 있다. 아빠의 애창곡인 배호의 〈돌아가는 삼각지〉나 엄마의 애창곡인 최안순의 〈산까치야〉도 있다. 아침에 일어나자마자 아주 작게 트는 남편의 이지리스닝 계열의 클래식 선곡도 언젠가 그리운 음악이 될지 모른다.

닉 혼비는 음악은 그 자체로 목적이어야 한다고 했다. 음악광답게 음악은 어떤 것을 위한 수단이 되어서는 안 되고 그냥 그 자체여야 한다는 말이다. 듣는 사람은 아무런 설명이나 이유 없이 음악과 노래를 사랑해야 한다고 했다. 하지만 나에게 음악은 목적이 아니라 수단이다. 일상에서 만나는 각종 상황별 대처 수단이다. 힘이 빠질 때 힘을 북돋워 주고 지쳤을 때 위로해준다. 사방이 시끄러울 땐 소음을 막아주고 적막할 땐 적당하게 흘러 혼자여도 외롭지 않게 해준다. 그러니까 노래는 나의 매일매일에 깔리는 배경음악 같은 존재다. 내 일상의 OST랄까. 그날의 OST 목록을 보면, 나의 하루가 희극이었는지 비극이었는지 코미디였는지 최고 인생작이었는지 알 수 있다.

어떤 드라마나 영화도 배경음악 없이는 완성될 수 없다. 아무리 좋은 작가와 뛰어난 감독에 훌륭한 배우가 나와도 음악이 없으면 완벽한 작품이 되기 어렵다. 미완의 작품이다. 나에게 노래가 그렇다. 음악은 아주 고맙게 나의 하루를 완성시켜준다.

친구와의 수다

　우리에겐 일정량의 수다가 필요하다. 사전을 찾아보면 수다의 정의는 "쓸데없이 말수가 많음. 또는 그런 말"이다. 말뜻대로 수다의 핵심은 '쓸데없음'과 '쓸모없음'이다. 누구도 꼭 필요한 말, 쓸데 있는 말만 하고 살 순 없다. 게다가 쓸데없는 말은 놀라운 '양질 전환'이라는 화학반응을 일으킨다. 수다의 양이 일정하게 쌓이면 어느 순간 질적 비약이 이뤄진다. 친한 친구와 자질구레한 일상, 어제 본 텔레비전 드라마, 요즘 열중하는 아이돌, 상사와 동료에 대한 은근한 뒷담화에 근거 없는 소문 등

자잘한 이야기부터 거창한 이야기까지 목 아프게 떠들다 보면 어느새 복잡했던 마음이 조금 정리된다. 고민의 무게가 조금은 가벼워지고, 어떻게 해야 할지 길이 보이기도 한다. 어느 순간 비밀을 털어놓는 경우도 있다. 수다는 일반적인 대화와는 다른 매우 사적이고 유쾌한 대화다.

지구상에 존재하는 생명들은 대부분 에너지를 생존에 꼭 필요한 곳에만 쓴다. 자손을 낳기 위해서 성관계를 하지, 쾌락을 위해 귀한 에너지를 낭비하지 않는다. 사람처럼 에너지를 흥청망청 여기저기 낭비하는 존재도 없다. 그렇다면 이 쓸데없는 수다야말로 인간을 지구상의 다른 생명들과 따로 구분 짓는 가장 인간다운 일일지 모른다.

실제로 수다에는 인간만이 할 수 있는 고도의 기술이 필요하다. 일단 맘이 맞는 상대가 있어야 한다. 관심과 취향이 비슷하고 주고받는 말의 리듬이 맞아야 한다. 주거니 받거니 쿵하면 짝하는 파트너십을 발휘해야 한다. 유머 코드가 같아서 별것 아닌 농담에도 같이 낄낄거리며 웃을 수 있어야 한다. 그래서 지나가다 만난 사람과 나누는 몇 마디 대화나 한 사람만이 쏟아내는 일방적인 말은 진짜 수다가 아니다. 마음을 나누는 깊은 수다가 되려면 신뢰가 필요하다. 이 사람에게는 나의 바보 같은 실수를 털어놓아도 된다는 신뢰, 다음 날 내가 왜 그런 말을 했지 후회하지 않아도 되는 상대에 대한 믿음 말이다. 하소연과 따뜻한 위로야말로 수다의 핵심이다. 그러니 수다는 '쓸데없는 이야기'가 아니라 매우 '쓸 데 있는 이야기'다.

아마도 수다는 인류의 역사 내내 우리와 함께했을 것이다. 멀고 먼 옛날, 인류의 먼 조상들은 깜깜한 밤이면 불을 피우고 둘러앉아 '쓸데없는 이야기'를 나누며 알 수 없는 세계에 대한 두려움을 함께 이겨냈을 것이다.

하지만 수다가 문화적으로 제자리를 찾은 것은 최근의 일이다. 여기에 빛나는 공헌을 한 것이 미국 드라마 〈섹스 앤 더 시티〉다. 1998년부터 2004년까지 여섯 시즌으로 제작된 〈섹스 앤 더 시티〉에서 뉴요커인 네 명의 친구 캐리, 사만다, 샬럿, 미란다는 주말 오전마다 브

런치를 먹으면 수다를 떤다. 이 우정의 테이블에선 못 할 이야기가 없다. 민망하고 부끄러운 일들도 거침없이 테이블 위에 올라온다.

〈섹스 앤 더 시티〉 이후 친구끼리 나누는 수다는 우정의 징표가 됐고 테이블은 우정의 소품으로 자리매김했다. 그때부터 드라마와 영화에서 친한 친구들이라면 으레 테이블에 둘러앉아 먹고 마시고 웃고 울며 수다를 떨었다. 〈노팅힐〉의 소심하지만 잘생긴 주인공 윌리엄 새커는 친구들과 모여 앉아 '누가 제일 운이 나쁜 사람인지' 같은 시시한 내기로 서로를 위로하며 떠들고, 우리의 브리짓 존스는 퇴근 후 친구들과 한잔하며 인생 최대의 실수에 대해, 플레이보이 편집장과의 하룻밤에 대해 털어놓는다. 넷플릭스 드라마 〈에밀리, 파리에 가다〉의 주인공 에밀리도 노천카페에서 친구 민디와 수다를 떨며 파리에 적응해간다. 수다의 힘은 생각보다 훨씬 강력하다.

스티븐 킹의 따뜻한 소품인 『고도에서』의 주인공 스콧이 원한 것도 마음을 나누는 우정의 수다였다. 스콧에게는 불가사의한 비밀이 있다. 언제부터인가 몸무게가 매일 0.5~1킬로그램 정도씩 줄어드는 것이다. 키 195센티미터, 몸무게 120킬로그램의 거구였기에 처음엔 좋은 일이라 여겼다. 하지만 하루도 빠짐없이 몸무게가 줄어들다 90킬로그램대에 이르자 걱정스러워진다.

걱정은 곧 불안을 거쳐 공포에 이른다. 몸무게가 아무리 빠져도 겉모습은 거구 그대로인 데다 두꺼운 옷을 껴입고 주머니에 동전을 가득 넣고 7킬로그램짜리 아령을 들어도 몸무게는 발가벗고 잰 것과 같았다. 그는 곧 자신이 손대는 모든 것의 무게가 0이 된다는 사실을 알아차린다. 자신의 체중이 점점 줄어들다 0에 이를 것이라는 사실도 직감한다. 그는 중력의 법칙을 벗어나고 있었다.

그 사실을 깨닫고 스콧이 찾아간 곳은 병원이 아니라 동네 친구인 일흔넷의 은퇴한 의사 밥이었다. 스콧에게 필요한 것은 그저 비밀을 털어놓고 두려움을 나눌 친구였다. 밥은 큰 병원에 가보자고 하지만 스콧은 거절한다. 마지막 시간을 호기심 어린 시선을 받으며 병원에서 보내고 싶지 않았다. 대신 하고 싶은 일이 있었다. 자신이 저지른 잘못들을 바로잡는 것이었다. 하지만 그게 말처럼 쉽지 않았다. 이혼해 남남이 된 아내와의 관계는 이미 돌이킬 수 없을 정도로 파탄이 났고, 작업 중인 백화점 웹사이트 디자인은 아무리 세련되게 고쳐도 점주가 자기 마음대로 바꿔놓을 걸 알았다. 그가 유일하게 할 수 있는 건 레즈비언인 디어드리, 미시 부부와 오해를 풀고 친구가 되는 일이었다.

얼마 전 별것 아닌 일로 다퉜을 때 스콧은 디어드리의 거만한 태도에 마음이 상했었다. 그때 스콧은 자신을 무시하지 말라고 화를 냈지만, 실은 디어드리 부부야말로 동네 사람들로부터 노골적인 무시와 차별을 받고 있다는 걸 나중에 알게 됐다.

이들이 문을 연 멕시코 레스토랑 홀리 프리홀은 적자 끝에 문을 닫기 직전이었다. 대부분 공화당 지지자에 깡보수인 주민들이 뒤에서 손가락질하며 레스토랑이 망할 날만 기다리고 있기 때문이었다. 레즈비언이 조용히 지낸다면 넘어가 주겠지만 성정체성을 공공연히 드러내고 결혼까지 했다면 받아들일 수 없다는 태도였다. 뒤늦게 사정을 알게 된 스콧은 자신은 그렇게 생각하지 않는다고 오해를 풀고 싶었다.

생각 끝에 스콧은 디어드리에게 추수감사절 마라톤 대회에서 자기가 이기면 식사를 같이 하자고 제안한다. 몸무게는 60킬로그램에 이르렀지만 겉모습은 조금만 뛰어도 심장마비로 쓰러질 것 같은 거구였기에 디어드리는 그의 말에 오히려 화를 낸다. 하지만 스콧은 결승점을 앞두고 쓰러진 디어드리를 일으켜 세우며 친구가 된다.

드디어 스콧과 디어드리 부부, 밥과 밥의 아내는 테이블에 함께 앉는다. 치즈와 크래커, 올리브와 와인, 채식 시금치 라자냐에 마늘 토스트, 후식 파운드케이크까지 먹고 마시고 떠들다 스콧은 비밀을 털어놓는다. 그렇게 해서 그날 이후로 스콧과 친구들은 매주 홀리 프리 홀에서 만나 수다를 떤다. 진지하고도 가볍게, 쓸쓸하지만 유쾌하게. 친구들은 스콧을 위로하고 스콧은 위로에 힘을 얻어 죽음과 소멸의 공포를 견뎌낸다. 스콧은 자신의 몸무게가 매일 몇 킬로그램씩 줄어드는 것보다 벗들과 작별할 일이 더 어려워졌다. 그리고 스콧의 몸무게가 0이 되는 날이 온다.

『고도에서』는 『나는 전설이다』의 작가 리처드 매드슨의 『줄어드는 남자』에서 모티브를 따온 작품이다. 주인의 이름도 똑같이 스콧이다. 『고도에서』의 스콧이 이유 없이 어느 날부터 몸무게가 줄어든다면, 『줄어드는 남자』의 스콧은 이상한 안개에 노출된 뒤부터 키가 줄어든다. 같은 설정에서 출발하지만 두 스콧의 결말은 완전히 다르다. 줄어드는 스콧은 직장에서 해고당하고 가족으로부터 외면당하다가 나중에는 거미에게 쫓기며 생명의 위협을 느끼지만, 중력을 거스르는 스콧은 편견과 혐오를 넘어 우정과 환대 속에 자기만의 해피엔딩을 맞는다. 결정적 차이는 '관계'였고 '친구'였다. 한 사람의 스콧은 친구를 가졌고 다른 스콧은 그렇지 못했다.

많은 연구들이 친구가 많아야 건강하고 오래 산다고 말한다. 학문적인 연구까지 갈 필요도 없다. 좋은 친구와 먹고 마시고 떠드는 것만큼 즐거운 일도 없지 않은가.

눈치 보지 않고 속내를 털어놓는 유쾌한 수다를 나눌 수 있는 친구가 몇이나 될까 꼽아본다. 진화인류학자인 로빈 던바는 친구란 "공항에서 누군가를 기다리기 위해 앉아 있다가 우연히 만났을 때 그냥 보내지 않고 옆에 앉히고 싶은 사람"이라고 했다.

많은 사람들을 만나고 다니는 게 일인 데다 제대로 정리를 안 해서 핸드폰 연락처에 저장된 전화번호만 해도 2,500개가 넘는다. 그중 내 옆자리에 앉히고 싶은 사람은 몇 명인가. 반대로 그 사람은 나를 옆자리에 앉히고 싶을까. 한번 옆에 앉았다고 영원히 친구가 되는 것도 아니다. 관계에는 아주 평범한 인생의 법칙이 적용된다. 우리가 들이는 시간과 에너지에 비례한다는 것이다. 일에 쫓겨 살다 보면 정말 만나고 싶은 친구는 후순위로 밀릴 때가 많다. 가끔 이러다 진짜 우주 외톨이가 될 것 같다는 생각도 든다.

친구와의 수다는 우리 몸 구석구석을 흐르는 피 같다. 인간의 몸에는 대략 5리터의 혈액이 있다는데, 우리에게 일정량의 수다 비축분이 없으면 외로워 견딜 수 없다. 찰리 브라운도 절친한 벗 스누피에게 말했다. "옆에 앉아서 이야기를 들어주는 친구가 있다는 건 정말 좋은 거야." 다정한 친구들과 나누는 쓸데없는 말, 쓸모없는 말이 필요하다. 그런 생각이 드는 날이면 친구들이 보고 싶어진다. 휴대전화를 들어 메시지를 보낸다.

"잘 지내? 우리 만나자."

동네 산책

특별한 일 없이 시간이 날 때면 동네를 산책한
다. 편한 차림에 운동화를 신는다. 문만 나서면 되니 멀
리 갈 필요도 없고 걷는 데 돈이 드는 것도 아니다. 방향
을 정하고 마음 가는 대로 편안하게 걷는다. 오른발을 올
렸다 땅을 밟고 왼발을 올리고 땅을 디디며 나아가다 보
면 어느새 일정한 보폭의 리듬이 생긴다. 몸 전체에 부드
러운 진동이 느껴지며 마음이 차분해지고 머릿속 생각
은 부드럽게 나아간다. 실제로 걸을 때엔 마음을 안정시
키는 세로토닌이라는 신경전달 물질이 나온다고 한다.

생각할 거리가 있을 때 걷기만큼 좋은 것이 없다. 혼자 걸어도 외롭지 않다. 함께 걸어도 좋다. 나눠야 할 이야기가 있을 때 마주 보지 않기에 표정을 들키지 않고 마음을 편안하게 이야기할 수 있다. 반대로 듣는 것도 마찬가지다.

깨끗한 풀잎 냄새가 나는 조용한 숲길이면 더 바랄게 없겠지만 내가 하루하루 살아가는 우리 동네도 좋다. 동네는 숲길보다 번잡스럽지만 또 다른 즐거움을 준다. 동네 산책은 러시아 인형 마트료시카 같다. 인형 안에 인형이, 그 인형 안에 또 다른 인형이 들어 있는 마술 상자 같은 인형처럼 수백 수천 번 오간 동네에서 늘 새로운 것을 만날 수 있다.

동네란 일상의 공간이기에 늘 사람들이 오고 간다. 건물이든 가게든 길이든 새로운 것이 생기고 사라진다. 사라지지 않고 오랫동안 한 자리를 지키고 있다 해도 시간 속에 바뀌고 낡고 바래니 엄밀히 따지면 오늘의 동네는 어제의 동네와 같지 않다.

동네에서 살아가는 우리도 나이를 야금야금 먹고 하

루하루 미세하게 달라진다. 이렇게 조금씩 바뀌는 것을 눈치 못 채다 어느 날 문득 알아보게 된다. 그래서 기쁠 때도 있고, 아쉬울 때도 있고, 당혹스러울 때도 있다.

동네의 자연스러운 변화보다 더 흥미로운 것은 늘 그 자리에 있었지만 미처 보지 못했던 것을 알아보는 일이다. 한낮 햇빛 속에선 보이지 않던 것이 깜깜한 어둠 속에 불을 밝히면 나도 모르게 "어 저게 언제 저기 있었지"라는 말을 하게 된다.

같은 풍경도 매번 다르다. 새벽의 풍경과 한낮의 풍경은 다르다. 봄 여름 가을 겨울 어느 계절에 걷느냐에 따라 다르고, 아침 점심 저녁 시간에 따라 다르다. 해가 뜬 날, 비 내리는 날, 눈 오는 날이 다르고, 내 기분에 따라서도 다르다. 혼자 걸을 때 보이는 것과, 함께 걸어야 보이는 것이 다르다. 일상적으로 살아가는 곳이기에 만날 수 있는 아이러니한 발견이다.

뭔가를 새로 발견한다는 건 반대로 우리가 얼마나 많은 것들을 그냥 지나치고 있는지를 말해준다. 먼 곳으로 여행을 떠나 낯선 것을 보고 듣고 경험하며 느끼는 기쁨도 있지만, 매일 살아가는 익숙한 곳에서 새로운 것을 알아가는 기쁨도 있다. 동네 탐험이다.

동네 산책에서 발견의 맛을 알게 된 것은 인지과학자 알렉산드라 호로비츠의『관찰의 인문학』덕분이었다. 책의 부제는 '같은 길을 걸어도 다른 세상을 보는 법'인데, 부제 그대로 뉴욕 맨해튼에 사는 호로비츠 박사가 평범한 자기 동네를 다양한 분야의 전문가 열한 명과 걸으며 '관찰'한 기록이다.

박사는 아이와 함께, 그리고 지질학자, 일러스트레이터, 의사, 시각장애인, 음향 엔지니어, 곤충 박사, 타이포그래퍼, 야생동물 연구가, 도시사회학자, 반려견과 함께 걸었다. 이들 전문가들은 저마다 자신의 전문 관점으로 세상을 보고 이야기한다. 호로비츠는 이제까지 얼마나 많은 것을 보지 못했는지 깨닫는다.

다만 위안이라면 세계 최고 과학자와 함께 산책할 때, 그 과학자가 발밑에 있는 20달러짜리 지폐 세 장을 못 보고 그냥 밟고 지나갔다는 점이다. 누구나 자기 시선으로 세상을 본다는 것이다. 평범한 이웃부터 위대한 과학자까지.

우리는 보지만 제대로 보지 못하고, 우리는 눈을 사용하지만 시선이 닿는 대상을 경박하게 판단하고 스쳐 지나간다는 것을 알게 된 그는 그 뒤로 동네를 걸으며 자주 멈춘다. 아무 때나 멈춰 사방을 살펴보는 습관이 생겼다.

나는 새롭게 얻은 이 습관이 몹시 마음에 든다. 나는 우리 모두가 한때 지녔으나 느끼는 법을 잊고 있었던 것, 바로 경이감을 되찾았다. 주위를 둘러보고, 주의를 기울이고, '바로 지금'에 충실하라는 말 (…) 관찰하는 사람의 눈앞에는 하찮은 동시에 굉장한 것들의 어마어마한 지층이 모습을 드러낸다. 그러니 보라!

책을 읽고 그가 말한 경이감을 찾아보겠다면 시험 삼아 사무실 근처 정동길을 걸어보았다. 정동극장을 지나 덕수궁 돌담길을 따라 걷는 대략 80미터의 거리를 천천히 걷다 가끔 멈춰 주변을 봤다. 하지만 천천히 걸으며 주변을 둘러보는 게 말처럼 쉽지 않았다. 시간에 쫓겨 빨리 걷기에 익숙해져서 아주 천천히 걸으며 주변을 보는 게 더 어렵다는 걸 알게 됐다. 그래도 그날의 놀라운 수확이라면 오랫동안 오갔던 길에서 오래된 작은 도장가게를 발견했다는 것이다. 본 듯하기도 하고 처음 본 듯하기도 한. 그런 모호한 상태일 수 있다는 사실에 놀랐다.

스위스의 국민작가 로베르트 발저는 동네 산책에서 경이로움을 발견하는 작가다. 그는 일하는 시간과 잠자는 시간을 빼고 거의 모든 시간을 걸어다녔다. 가난해 정규 교육을 받지 못하고 고상한 베를린 문단에 섞이지도 못한 탓인지 '안'이 아닌 '밖'에서 더 자유로웠다. 그는 죽음마저도 산책길에서 심장 발작으로 맞았다.

「산책」은 화창한 아침 동네 산책을 시작해 어둑해져 돌아올 때까지 소박하고 단출한 자기 동네에서 무엇을 보고 발견했는지를 기록한 산문이다. 글 때문에 머리를 싸매고 있던 그는 동네 산책에 나선 순간 행복해진다.

들뜬 분위기가 넘실대는 환하고 탁 트인 거리로 나선 순간 로맨틱한 흥분이 내 가슴을 가득 채웠고, 나는 마음속 깊이 행복을 느꼈다. 눈앞에 펼쳐진 아침의 세계는 생전 처음 보는 광경처럼 아름답기만 했고, 시선이 가 닿는 모든 대상은 다정하고 선량하며 젊음이 넘치는 신선한 인상이었다. 그래서 나는 방금 전까지만 해도 저 위쪽 골방에서 우중충한 얼굴로 백지와 씨름하고 있었다는 사실을 금세 잊을 수 있었다. 그동안 겪었던 모든 슬픔과 모든 고통과 모든 고뇌가 다 사라져버리는 듯했다.

발저는 절반은 시골이고 절반은 도시 변두리인 가난한 동네를 하루 종일 걸어다닌다. 길에서 학자, 신부, 화학자, 군의관, 고물수집상, 전직 여배우를 만나고, 책방에 들러 책도 보고 양복가게에선 맞춘 양복도 입어본다. 후원자 부인 집에서 점심도 먹고 다시 걷는다.

그는 동네 산책이란 작정하고 떠난 여행이나 소풍이 아니라 특별한 목적 없이 그저 여유 있게 근처를 한 바퀴 둘러보는 것이라고 했다. 걷는 동안 익숙한 동네에서 많은 것을 새로 발견한다.

"산책은 보고 느낄 만한 중요한 현상들이 늘 가득한 과정입니다. 멋진 산책길에는 형상, 살아 있는 시, 마법, 그리고 온갖 아름다운 자연물들이, 비록 작은 존재들이라고 해도 꿈틀거리며 차고 넘치는 것이 보통이죠. 주의 깊은 산책자의 눈앞에는 박물학이나 지역학의 우아하고 매혹적인 세계가 펼쳐지고, 그럴 때 산책자의 온몸에서는 눈부신 감각이 열리며 찬란하고 고귀한 생각이 떠오르니, 침울하게 움츠러들고 푹 꺾인 채로 있지 말고 눈을 활짝 열고 응시하기만 하면 그는 오감으로 이것을 감지할 수 있습니다."

그래서 그는 길을 가면서 눈에 들어오는 하나하나의 사물들을 그 순간만큼은 불타는 감정으로 사랑한다.

나의 동네 산책은 주의 깊은 산책가인 발저처럼 박물학이나 지역학의 매혹적인 세계 정도로 거창하지 않다. 재미 삼아, 놀이 삼아, 운동 삼아, 때론 별생각 없이 그냥 걷는다. 걸으면서 1년 365일 내가 살아가는 익숙한 곳에서 새로운 것들을, 그 전과 다른 것들을 찾아내는 즐거움을 누린다. 자세히 보고, 가까이 보고, 새롭게 보면 내가 사는 동네가 더 좋아진다. 사람이든, 물건이든, 공간이든 많이 알수록 더 사랑하게 되기 때문이다.

"걷는 일은 참으로 아름답고 기분 좋으며 태고의 단순함을 간직하고 있다"라는 발저의 말처럼 걷기는 태고의 단순함을 지니고 있다. 수백만 년 전 인류의 조상은 인류 발생지 아프리카에서 걸어서 여러 대륙으로 건너갔다. 오로지 자신의 두발로 더 살기 좋은 곳을 찾아갔다. 태고의 단순함은 태고의 고단함이었다.

오랜 걷기의 시대를 거쳐 이동 수단이 발달하면서 이동은 점점 편해지고 빨라졌다. 수레, 마차, 자동차, 열차, 비행기, 우주로 쏘아 올리는 로켓까지. 하지만 속도가 빨라질수록 사라지는 게 있다. 풍경이 그중 하나다. 비행기는 몇 시간 만에 대륙을 횡단하지만 지나가는 곳의 풍경을 볼 수 없다. 비행기 여행이 유난히 피곤한 이유는 이 공항에서 출발해서 저 공항으로 도착할 뿐, 중간 과정이 생략된 여행이기 때문이다.

그래서 풍경 속에서 풍경과 함께하는 걷기가 좋다. 모든 것이 빨라야 인정받는 시대에 걷기는 '천천히'가 허락된 일이다. 오히려 '천천히'를 권유받는다. 가속의 도구 따위는 필요 없다. 그저 나의 발바닥 근육, 큰 엄지발가락, 이를 지탱하는 허리, 머리를 받치는 목, 장애물과 마주 오는 사람과 부딪히지 않게 순간 판단을 내리는 뇌와 신경을 써서 내 힘으로 걷는다. 속도를 낮춰 최적의 속도를 찾아낸다. 그렇게 내 주위를, 내가 살아가는 동네를 보고 느끼고 발견해낸다.

한 걸음 폴짝
나아갈 때

쉰일곱의 고전문헌학자 라이문트 그레고리우스는 어느 날 갑자기 평생을 보낸 스위스 베른을 떠나 포르투갈 리스본행 열차에 오른다. 진짜 학자를 만나고 싶다면 그레고리우스를 보라고 할 정도로 존경받는 선생이었다. 그는 라틴어로 하늘, 우주라는 뜻의 '문두스 Mundus'로 불렸다. 그의 학문 세계가 우주만큼 넓다는 뜻이다. 그는 단 한 번의 실수도, 비난받은 적도 없는 무오류의 존재였다. 그런 그가 강의 도중 학교를 나가 다음 날 아침 리스본으로 향한다.

스위스 철학자 페터 비에리가 파스칼 메르시어라는 필명으로 쓴 소설 『리스본행 야간열차』의 드라마틱한 시작이다. 누구나 한번쯤 이제까지 살아온 삶과 전혀 다른 인생을 갈망한다. 가지 않은 길, 가지 못한 길을 꿈꾼다. 놓쳐버린 순간, 포기했던 일, 하나를 선택했기에 버려야 했던 것, 원했지만 허락되지 않았던 기회들이 있다. 우리 상상 밖에 있기에 감히 상상조차 할 수 없는 것들도 있다.

　　"우리와 우리 자신 사이에도, 우리와 다른 사람들 사이만큼이나 많은 다양성이 존재한다."

　　소설 첫 장에 쓰인 몽테뉴의 말이다. 우리는 평생 부모가 준 하나의 이름으로 살아가지만 몽테뉴의 말처럼 우리는 하나의 이름으로만 규정될 수 없다. 내 안에 아주 많은 내가, 때론 상반되는 내가 있다. 이 때문에 갈팡질팡하지만 덕분에 내가 나를 성찰하고 반성하고 격려하고, 위로할 수 있다. 그레고리우스만이 '문두스(우주)'가 아니라 한 사람 한 사람 모두가 다양한 가능성을 품은 '우주'다.

살아가는 건 어쩌면 나의 우주가 점점 작아지는 일인지도 모른다. 하나를 선택하는 건, 다른 가능성들을 버리는 것이고, 이 길을 가면 가지 못한 숱한 길들은 끝끝내 알 수 없다. 하지만 오히려 실제로 가보지 않았기에 모든 가능성들은 더러운 진창이 아니라 아름다운 판타지로 남아 나의 우주를 더 아름답게 만드는지도 모른다.

『리스본행 야간열차』에 등장하는 철학자 프라두도 이렇게 말했다.

"인생은 우리가 사는 그것이 아니라, 상상하는 그것이다."

우리는 누구나 실제 현실에 상상의 판타지를 더해 자기만의 세계, 자기만의 이야기를 만들며 살아간다. 현실을 냉정하게 직시하면서도 바람이든 상상이든, 때론 착각이든, 환상의 여지가 있어야 살아갈 수 있다. 하지만 그레고리우스는 가지 못한 길을 그저 판타지로 남겨두지 않고 현실로 만들었다.

그가 리스본행을 감행한 것은 아침 출근길에 만난 포르투갈 여성 때문이었다. 평소와 다름없이 8시 15분 전, 학교로 이어진 다리로 들어섰을 때 문두스는 비바람 속에 뛰어내리려는 한 여성을 보고 그녀를 막는다. 그다음에 그녀가 어이없게도 사인펜으로 그레고리우스의 이마에 숫자를 쓴 것이다. 전화번호가 적힌 종이를 찢어버렸는데 종이가 날아가는 순간 번호를 잊고 싶지 않았기 때문이라고 했다.

그런데 그레고리우스는 이마에 전화번호를 적은 채로 수업에 들어간다. 고지식한 고전학자가 비를 맞고 이마에 전화번호를 쓴 꼴이라니. 그는 그때 이미 이제까지 걸어온 길에서 벗어나고 있었다. 강의를 하다 말고 교실에서 나온 건 그다음 수순이었다.

학교를 나선 그는 고전 언어학자답게 여성의 포르투갈어에 끌려 에스파냐 서점으로 간다. 거기서 아마데우드 프라두라는 작가의 산문집 『언어의 연금술사』를 집어든다. 서점 주인은 포르투갈어를 모르는 그를 위해 책의 한 문장을 읽어준다.

"우리가 우리 안에 있는 것들 가운데 아주 작은 부분만을 경험할 수 있다면 나머지는 어떻게 되는 걸까?"

이 문장이 그레고리우스의 마음을 흔든다. 프라두의 말처럼 베른에서 태어나 평생 고전학자로 살아온 삶이 자기 안에 있는 것들 가운데 일부에 불과하다면, 그 외 나머지는 어떻게 됐을까. 그는 그 나머지 가능성들을 확인해보고 싶었다. 더 이상 문두스 노릇을 하고 싶지 않아진 그레고리우스는 프라두의 삶을 좇아 리스본행 열차에 오른다.

그때 그가 떠올린 건 마르쿠스 아우렐리우스의 『명상록』에 나오는 한 구절이었다.

"자기 영혼의 떨림을 따르지 않는 사람은 불행할 수밖에 없다."

열차가 출발할 때 그는 좀 지루했지만 모든 것이 제자리에 있던 정돈된 삶을 얼마나 사랑하는지, 앞으로 학교와 학생들을 얼마나 그리워할지 알았다. 하지만 그럼에도 그는 영혼의 떨림을 따라 리스본으로 향한다.

그레고리우스의 선택은 수수께끼 같은 포르투갈 여

성이 촉발한 충동이었을까. 아니면 오랫동안 그 안에 쌓여온 열망이었을까. 훗날 그는 학교 화장실 거울 앞에서 이마에 적힌 숫자를 그대로 두겠다고 결심한 순간 모든 것이 결정됐음을 알게 된다. 지금까지 걸어온 길에서 벗어나 다른 길로 가보겠다는 갈망의 방아쇠를 당긴 것이다. 임계점이었다. 99도까지는 아무 일 없던 물이 단 1도 높은 100도에서 끓기 시작하듯, 겉으로 평온했던 그의 삶이 사실은 하루하루 임계점을 향해 가고 있었는지도 모른다. 분명한 건 우연을 필연으로 만든 것이 다름 아닌 그레고리우스 자신이라는 사실이었다.

우리는 '문득', '충동적으로', '하루아침에' 같은 말을 쉽게 하지만 대부분 그 앞엔 긴 역사가 놓여 있다. 순간적으로 튀어나온 사랑 고백은 오랫동안 설레는 마음으로 뒤척인 숱한 밤들의 결과이며, 여러 이유로 그만두지 못하다 어느 순간 말도 안 되는 계기로 낸 사표는 '충동적'일 수 없다. 어두운 밤에 결심했다 날이 밝으면 뒤엎기를 수십 번 한 끝의 결심이 '하루아침'일 리 없다.

그레고리우스뿐 아니다. 우리의 많은 일들에도 임계점이 있다. 그래서 99도까지 참고 고민하다 1도에 한 발을 내딛는다. 그래서 오랜 숙고 끝의 결정은 그레고리우스가 만난 포르투갈 여성처럼 의외로 아주 사소한 계기로 이뤄지는 경우가 많다. '한 걸음 폴짝'이다. 그때 용기낸 한 걸음으로 우리 삶은 앞으로 나간다. 그렇게 한 걸음 폴짝 뛰고 나면 선택에 의외로 마음이 후련하고 가볍다.

그레고리우스는 57년 만에 처음으로 불안감과 함께 해방감을 느낀다. 실제로 철학자 페터 비에리도 2007년 64세 때 학문 세계에 환멸을 느껴서 대학 강단에서 물러났다. 그 역시 열차를 타고 떠났다. 소설은 어떤 의미로든 작가가 만들어낸 세계이니 그레고리우스의 선택엔 비에리의 환멸이 들어가 있을 것이다.

리스본에 도착한 그레고리우스는 『언어의 연금술사』를 실마리로 프라두의 삶을 추적해나간다. 프라두가 그레고리우스와는 전혀 다른 인물이라는 건 매우 상징적이다. 프라두는 사상가이자 의사, 작가, 저항운동가로

드라마틱하고 열정적으로 살았다. 고전학자 그레고리우스의 단조로운 삶과는 전혀 다르다. 프라두의 삶을 쫓는 건 결국 그레고리우스가 삶에서 놓친 것들을 추적해 성찰하는 과정이다.

이 동안 그레고리우스는 평생 해본 적 없는 일들을 한다. 일단 패션. 무릎 나온 바지, 낡은 코듀로이 재킷, 지저분한 수염과 몇 가닥뿐인 대머리를 지성의 상징이라고 여겼던 그는 새 옷을 사고 새 안경을 맞춘다. 패션에 신경 쓰는 건 시간 낭비라던 그에게 혁명적인 일이었다. 한 번도 써본 적 없는 운전면허증으로 차를 몰아 국경을 넘고 갈리시아 어부들에게 삶의 지혜를 구한다. 급기야 이 재미없는 학자는 파티에서 왈츠를 추며 많은 이들에게 즐거움을 선사한다. 그의 삶은 완전히 달라졌다.

하지만 갑자기 찾아온 어지럼증으로 그는 베른으로 돌아온다. 그는 죽음의 공포를 느낀다. 베른에서든 리스본에서든, 프라두든 그레고리우스든 누구도 죽음을 비켜갈 수 없다. 하지만 모두가 죽음 앞에 같은 운명이라 해도 삶은 결코 같지 않다.

다시 돌아온 그레고리우스는 베른도 자신도 이전과 다르다는 것을 느낀다. 리스본에서 맞춘 새 안경이 처음 엔 너무 가벼워 경박해 보였지만 옛 안경은 무겁고 거추 장스러워 더 이상 쓸 수가 없듯이 말이다. 그의 삶은 방 향을 바꾸었다.

만약 그가 그날 수수께끼 같은 포르투갈 여성을 만 나지 않았다면 그는 계속 '문두스'로 살았을까. 학교에서 학생들을 가르치고, 저녁엔 친구와 체스를 두는 지루하 지만 편안한 고전학자로 삶을 마쳤을까.

아니면 며칠이나 몇 주 뒤, 아니면 몇 년 뒤 또 다른 우연한 일에 영혼이 흔들려 야간열차에 올랐을까. 아마 그레고리우스는 어떤 계기로든 자기 삶에서 '한 걸음 폴 짝' 뛰었을 것이다. 이번엔 영원히 베른에 돌아오지 않았 을 수도 있다.

결코 가볍지 않은 한 걸음이다. 고민이 길어질 때가 있다. 어떻게 하는 것이 좋을지 결단을 내리기 어려운 순 간들이 참 많다. 시험엔 정답이 있지만 우리의 숱한 선택과 결정엔 정답이 없다. 자신의 답이 있을 뿐이다. 또 선택과 결정의 성적표는 오랜 시간이 지난 뒤에야 나오기도 하고, 평가가 달라지기도 한다.

결정이 쉽지 않을 때 스스로 임계점에 이르도록 좀 기다린다. 누가 뭐라고 하든 나의 판단과 마음이 부풀어 오르도록 지켜본다. 그러다 보면 그 순간이 온다. 그레고 리우스가 화장실 거울을 보고 이마에 적힌 전화번호를 그대로 두는 순간, 강의실에 책을 그대로 펼쳐놓은 채 강의실 밖으로 나가는 순간, 리스본행 열차에 오르는 순간. 임계점에 이르러 끓어 넘친다. 그 숱한 순간마다 용기를 내어 한 걸음 내딛는다. 한 걸음 폴짝이다.

뒤늦은 고백

"오늘 나한테 전화해줄 생각도 하고, 정말 고마워."

"나야말로 그때의 대답을 들려줘서 고마워. 정말 마음이 놓여. 그동안 너를 좋아한 게 나 혼자 북 치고 장구 치고 한 게 아니라 줄곧 메아리가 있었다는 걸, 알게 됐으니까. 나한테는 정말 중요하거든."

나는 도시의 하늘을 수놓은 붉은색 별들을 바라보며 말했다.

"내 청춘이, 독백이 아니었다는 거."

- 주다바오, 『그 시절, 우리가 좋아했던 소녀』

지진이 땅을 뒤흔든 밤, 스물한 살의 대학생 커징텅은 중학교 3년, 고등학교 3년, 대학교 2년까지 총 8년을 좋아한 첫사랑 선자이에게 전화를 건다.

각자 남자친구 여자친구가 생겨 이제 두세 달에 한 번 정도 연락하는 사이가 됐지만, 선자이가 있는 타이베이가 지진의 진원지라는 소식에 걱정이 돼 견딜 수 없었다. 많은 사람들이 한꺼번에 전화를 걸어대는 통에 연결이 되지 않자 커징텅은 오토바이를 타고 멀리 사람 없는 곳으로 나가 고요함 속에 선자이에게 전화를 건다.

"넌 괜찮은 거지"라는 걱정의 말,

"아직까지 나한테 이렇게 신경 써주고, 정말 감동했어"라는 대답.

"8년 동안 따라다닌 여잔데, 네가 없어지면 앞으로 우리 일을 어떻게 기억하라고"라는 장난스러운 진심.

오랜만의 전화를 끊고 싶지 않은 둘은 대지진을 핑계로 긴 이야기를 나눈다. 하루 종일 붙어 수다를 떨던 그 시절 추억이 하늘의 별처럼 쏟아졌을 테다. 그 추억에 기대 선자이는 대학 입학 시험 발표 날 커징텅의 고백에 이제 답해도 되겠냐고 묻는다.

3년 전 커징텅은 선자이에게 좋아한다며 "너랑 결혼할 거야", "반드시 결혼할 거야", "백 퍼센트 너랑 결혼할 거야"라는 말을 주문처럼 쏟아냈다. 하지만 선자이가 대답을 하겠다고 했을 때 그는 답을 듣고 싶지 않았다. 혹시라도 거절당하면 선자이를 좋아하는 게 허락되지 않을까 두려웠기 때문이었다.

"안 듣고 싶어. 부탁이야. 지금은 말하지 말아줘. 조금만 기다려줘. 내가 네 남자친구가 되는 그날까지 제발. 내가 계속 널 좋아하게 해줘."

대만 청춘영화 계보에서 아름다운 자리를 지키고 있는 〈그 시절, 우리가 좋아했던 소녀〉의 엇갈린 첫사랑 이야기다. 전교 500명 중 400등 이하 성적에 주변 사람들을 웃기는 데 목숨을 건 말썽꾸러기 커징텅. 커징텅의 장난에 두 손 두 발 든 선생님은 극약 처방으로 그를 전교 1등에 성격 좋고 얼굴까지 예쁜 선자이 앞에 앉히고 선자이에게 녀석을 부탁한다. 두 사람의 빛나는 청춘의 시작이다.

밝고, 예쁘고, 활기차고, 아무 걱정 없는 착한 한 시절과 그 시절을 더 찬란히 빛나게 했던 첫사랑. 꿈이 있고, 좌절이 있고, 실패가 있지만 착한 친구들과 함께 성장해나가는 청춘의 이야기. 유치하고 뻔하기도 하지만 그래도 청춘물이 좋다.

넓고 넓은 청춘물 바다에서도 대만 청춘물을 특히 좋아한다. 한국 청춘물은 쓰고, 일본의 청춘물은 슬프다. 한국의 청춘은 영화 〈벌새〉, 〈거인〉처럼 힘겹고, 일본의 첫사랑은 〈러브레터〉, 〈세상의 중심에서 사랑을 외치다〉, 〈다만, 널 사랑하고 있어〉처럼 세상을 떠나 이곳에 없다. 그에 비해 대만 청춘물은 겨울에도 영상 10도 이하로 내려가지 않는 따뜻한 날씨처럼 활기차다. 대만의 청춘이라고 그렇게 항상 즐겁기만 하겠냐만 우리가 모르는 다른 나라 이야기라는 거리감은 설렐 수 있는 판타지의 공간을 마련해준다. 또 아무리 그 시간이 힘들었다 해도 우리에게도 별것 아닌 일에 웃고 떠들던 환하고 찬란한 순간들이 있었다. 그래서 대만 청춘물을 보면 그 투명한 시절에 눈물을 흘리기도 한다.

그런데 도대체 왜 우는 걸까. 순정한 마음들, 뭐든 가능했던 백지 같은 시절에 대한 그리움일까, 아니면 흔적도 없이 사라진 나의 청춘에 대한 안타까움 때문일까. 하지만 청춘물이 건드리는 게 나의 추억은 아니다. 실제로 내가 경험한 추억이 아니라 그때 가졌으면 좋았을 것들, 그때 그렇게 지냈으면 좋았을 것들, 그때 그렇게 해봤으면 좋았을 것들에 대한 그리움이다. 정확하게는 '없던 추억'을 추억하는 시간이다. 그렇게 대리 추억을 통해서라도 얼마나 아름다운지조차 모른 채 지나가 버린 나의 아름다운 시절로 돌아가 보는 것이다.

이 나이에 청춘 영화를 보고 울다니 누가 볼까 얼른 눈물을 훔친다. 하지만 청춘물은 어쩌면 나처럼 이미 청춘이 아닌 사람들, 아닌 정도가 아니라 청춘에서 아주 멀리 와버린 사람들에게 더 많은 그리움을 주는지 모른다. 거기엔 그때 나는 왜 그러지 못했나 하는 후회와 그랬으면 좋았을 텐데 하는 미련의 아릿함이 섞여 있다.

"젊은 날엔 젊음을 모르고 사랑할 땐 사랑이 보이지

않았네. 하지만 이제 뒤돌아보니 우린 젊고 서로 사랑을 했구나"라는 이상은의 노래 가사처럼 깨달음은 지나가고 난 뒤에야 오는 법이니까.

『그 시절, 우리가 좋아했던 소녀』도 그런 청춘의 이야기다. 영화가 워낙 유명해 영화를 본 뒤 소설을 찾아 읽었다. 원작 소설이 더 좋았다. 원작 소설 vs 영화의 대결에서 영화가 원작 소설을 이기기는 쉽지 않다. 원작 소설의 깊이와 폭을 러닝타임 두 시간 안팎에 넣는다는 것 자체가 실은 무리다. 물론 위대한 감독이라면 원작보다 더 뛰어난 작품을 만들어내지만.『그 시절, 우리가 좋아했던 소녀』는 원작자 주바다오가 영화를 만들었으니 승패가 없지만, 소설에는 영화에 미처 못 담은 청춘에 대한 수다스러운 추억과 독백이 가득하다. 그래서 책을 덮으면 한동안 방을 서성이게 된다.

그중에서도 가장 강렬하게 떠오르는 장면이 대지진 날 둘의 대화다. 어렵게 연결된 전화 통화에서 선자이는 3년 전 커징텅의 고백에 대한 답을 들려준다. 실은 자기도 오래전부터 커징텅을 좋아했다고, 만약 3년 전 커징텅이 답해달라고 했다면 그렇게 이야기했을 거라고 말한다. 하지만 커징텅은 듣길 원치 않았고 자신도 설레는 시간을 더 오래 갖고 싶어 답하지 않았다고 말한다.

"사랑에서 가장 아름다운 시절은 서로에게 닿을 듯 말 듯 한 모호한 시간들이고, 정말 두 사람이 함께하게 되면 많은 감정이 사라져버린다고들 하더라. 그래서 나도 그때 생각했지. 네가 내 대답을 듣고 싶어 하지 않는다면 그대로 네가 좀 더 나를 좋아하게 놔두자고. 일단 내 마음을 얻고 나면 네가 게을러질 수도 있으니까. 그렇게 되면 내 손해잖아. 그래서 참았지. 대답을 들려주지 말자고."

서로 헤어져 각자의 인생을 걷게 된 이후의 고백이다.
만약 그때 커징텅이 두려움을 이기고 선자이에게 답을 해달라고 했다면, 그래서 선자이가 자신도 커징텅을 좋아한다고 말했다면 이들은 헤어지지 않았을까. 고백은 사랑의 출발일 뿐이니 고백이 "그 후로 두 사람은 아주 행복했습니다"라는 엔딩을 보장하는 건 아니다. 하지만 만약 그때 선자이가 답했다면 그들 인생에서 가장 아름다운 순간을 가질 수 있었을 것이다. 밤하늘에 아름답게 솟아올랐다 머리 위로 쏟아지는 불꽃놀이처럼. 불꽃들이 한번 타올랐다 사라진다고 해서 아무것도 아닌 것은 아니듯. 순간은 때로 영원이 된다.

두 사람은 슬프게도 타이밍을 놓쳤다. 흔히 고백은 타이밍이라고 한다. 사랑뿐 아니라 많은 일들에 타이밍이 중요하다. 타이밍이 적용되지 않는 것이 없을 만큼. 하지만 타이밍처럼 어려운 것도 없다. 정확한 판단, 용기 있는 결단, 거기에 섬광처럼 번쩍이는 운과 운명이 촘촘히 엮여야 한다. 게다가 타이밍이란 혼자 애쓴다고 되지 않는다. 나와 상대, 나와 세상, 나와 사건이 서로 맞아떨어져야 하는 것이다. 타이밍이란 꽤 신비한 일이다. 그래서 놓치기 십상이다.

아사다 지로의 단편 「러브레터」의 주인공도 인생의 타이밍을 맞추지 못한 사람이다. 마흔 살을 앞둔 포르노

가게 전무 다카노 고로는 어느 날 기억에도 없는 아내의 부고를 듣는다. 기억을 더듬어보니 1년 전 중국에서 온 외국인 노동자에게 호적을 내주고 50만 엔을 챙긴 적이 있었다. 호적상 부부지만 한 번도 본 적 없는 아내 파이란. 그는 할 수 없이 파이란의 사망을 확인하러 간다. 그곳에서 뜻밖에도 파이란이 그에게 남긴 장문의 편지를 받는다. "저와 결혼해주셔서 고맙습니다. 당신이 제일 고맙습니다"라는 편지를 읽으며 그는 눈물을 쏟는다. 나도 고로와 함께 울었다.

"뭐가 친절하다는 거야. 친절하기는커녕 야쿠자, 경찰, 손님 할 것 없이 모두 함께 너를 괴롭혔는데. 그중에서 제일 지독한 놈이 나야. 50만에 호적 팔아먹고, 그 돈 어쨌는 줄 아니? 사흘 만에 다 써버렸어. 당신 몸으로 갚아야 하는 그 돈을 말야. 피를 토하며 갚아야 하는 그 돈을 말야. 우린 전부 거머리들이야. 찰거머리들이야. 당신을 뼈만 남도록 빨아먹은 귀신들이야. 어째서 이 찰거머리 귀신들에게 자꾸만 친절하다고, 고맙다고 그런 말을 하니?"

뒤늦게 그녀의 마음을 알게 된 고로처럼 누구든 타이밍에 속절없이 패배하기 쉽다. 그래서 뒤늦은 고백, 뒤늦은 깨달음은 아프다. 우리는 뒤늦은 고백을 듣기도 하고, 뒤늦게 고백하기도 한다. 그때 그렇게 했어야 했는데 하는 미련, 그렇게 하지 말았어야 했는데 하는 후회에 힘겹다. 때론 차라리 알지 못하는 편이 나았다고 생각하기도 한다. 모른 척해버리고 싶기도 하다.

하지만 타이밍을 놓친 뒤늦은 고백, 뒤늦은 깨달음은 그것대로 의미가 있다. 그것은 우리가 알지 못하고 놓친 삶의 한 조각이다. "미네르바의 부엉이는 새벽에 날아오른다"는 말처럼 많은 것들의 의미는 그때가 아니라 시간이 지난 뒤에 제대로 알게 된다. 예전에 몰랐던 사실을 뒤늦게 알고 깨닫고 이해하면서 과거는 박제돼 머물지 않고 끊임없이 새로 만들어진다. 그렇게 만들어진 과거는 다시 지금의 삶을 변화시킨다. 뒤늦은 고백은 삶을 새롭게 리셋한다. 「러브레터」의 고로도 파이란의 사랑으로 조금은 다른 삶을 살게 될 수도 있다.

1999년 9월 21일 새벽 1시 47분. 리히터 규모 6.8의 강진이 발생한 그날 밤. 선자이의 뒤늦은 고백을 들은 스물한 살의 커징텅도 그랬다. 오래전 그는 너무나 서툴러 사랑을 놓쳤다. 하지만 선자이도 자기를 좋아했다는 뒤늦은 고백에 그는 8년 동안 선자이를 좋아했던 자신의 청춘이 헛되지 않고 찬란했다는 것을 알게 된다.

"내 청춘이 독백이 아니었다는 거."

그래서 그는 이루지 못한 사랑이지만 눈부시게 찬란했고, 그것만으로도 자신의 청춘에 후회는 없다고 생각한다. 너도 찬란했고, 너를 좋아했던 나도 찬란했다고.

오후 4시의
캠퍼스

　　스트레스와 슬럼프는 모든 인생의 기본 값이
다. 스트레스 없는 인생은 없다. 누구나 긴장돼 신경이
곤두서고 혈압이 치솟고 위산이 역류할 때가 있다. 컨디
션은 난조에 빠지고 힘들고 버거워 그냥 이불 뒤집어쓴
채 밖에 나가기조차 싫어진다. 가벼운 몸살감기처럼 지
나가면 좋으련만 우리를 바닥까지 끌어내리기도 한다.

　　하지만 인생이 언제나 예쁜 꽃이 활짝 핀 봄날일 수
만은 없다. 먹구름이 몰려오고 추적추적 비도 내린다. 천
둥 벼락에 꿈에도 생각해본 적 없는 지진으로 흔들리기

도 한다. 쓰나미를 만날지도 모른다. 그러니 비가 오면 우산을 펴야 한다.

모두들 문제는 스트레스나 슬럼프 자체가 아니라 그 것을 어떻게 다루느냐에 있다고 이야기하지만 바로 그 게 어렵다. 쉽다면 애초에 문제가 될 리 없다. 그렇지만 쏟아지는 비를 그대로 맞고 있을 수는 없다. 쓰나미에 쓸 려가서도 안 된다. 스트레스 경보가 울리고 리듬이 하강 곡선을 탈 때 자기만의 대처법을 갖고 있어야 한다. 응급 비상약처럼. 일단 나를 살려놓고 봐야 한다.

한 모임에서 스트레스를 어떻게 푸느냐에 대한 이야 기를 한 적이 있다. 술을 좋아하는 친구는 역시 술이라고 했다. 친한 사람들과 이 이야기 저 이야기 하며 술 한 잔 (한 잔이 아니라 여러 잔이지만) 마시면 스트레스가 뻥 뚫 린다고. 유용한 방법이다. 좋은 사람과 함께 먹고 마시고 떠들고 나면 머리도 마음도 가벼워진다. 평소 말수 적은 친구는 걸으면서 생각을 정리한다고 했다. 멀티태스킹 에 능한 후배는 스트레스엔 역시 운동이라고 했다. 운동으로 자기 안의 나쁜 에너지를 분출하는 게 좋은 방법이라고. 스트레스 해소법들이 그 사람을 닮았다는 사실이 흥미로웠다. 사람의 행동은 그 사람을 닮기 마련이다. 하나하나 사소한 일상이 모여 그 사람을 만들고, 그 사람의 사소한 일들이 쌓여 그의 세계를 만들고, 그 세계의 법칙에 따라 또 사소한 행동이 이뤄지는, 이 당연한 일이 참 놀라웠다.

디자이너 대니엘 크리사의 『방황하는 아티스트에게』를 펴본다. 질투 나는 예술가들을 소개하는 블로그 '질투하는 큐레이터'를 운영하는 저자가 예술가 50명에게 "창작의 벽에 부딪혔을 때 슬럼프 극복법이 무엇입니까"라는 질문을 던져 그 답을 묶은 책이다. 예술가들에겐 어떤 남다른 예술적이고 창의적인 슬럼프 극복법이 있을까 들여다본다.

한 미국 사진작가는 차를 몰고 나가 한 번도 가본 적 없는 곳으로 달린다고 했다. 차창을 내리고 음악을 크게 튼다. 머리카락은 바람에 흩날리고, 큰 소리로 노래를 부르고 나면 새로운 에너지를 얻는다고 했다. 나도 가끔 쓰는 방법이다. 주로 도로가 꽉 막혔을 때 차 안에서 노래를 크게 틀어놓고 소리 높여 따라 부른다.

한 도예가는 슬럼프에 빠질 땐 도서관에 간다고 답했다. 도서관에 가서 가장 좋아하는 분야의 책들이 꽂혀 있는 서가를 걷는다. 그러면 곧 기분이 좋아지면서 영감도 피어난다고 한다. 책이 가득한 고요한 도서관에서라면 마음이 가라앉을 것 같다.

어느 독일 사진작가는 동네를 한 바퀴 돈다고 했다. 답답한 스튜디오에서 나와 동네를 가볍게 산책하며 마을을, 집을, 발코니를, 거리를, 가게 쇼윈도를, 정원을 구경한다. 지극히 평범한 물건들을 새로운 빛 속에서 보는 것이 두뇌에 좋은 자극을 준다고 했다. 동네 산책이라면 나도 일상적으로 쓰는 방법이다. 분명한 건, 모두 자기만의 스트레스 대처법으로 자신과 스트레스를 단련시켜 나간다는 것이다.

그래서 맥주도 한잔 마시며 떠들고, 동네 산책도 하고, 차 안에서 노래도 부른다. 자전거를 타고 바람을 헤

치며 가는 것도 좋다. 바람이 시원하게 뺨을 스치고 지나가는 느낌이 너무 좋다. 세상 가장 좋아하는 자세로 집 소파에 누워 귤을 까먹으며 드라마를 몰아 보기도 한다. 하지만 이런저런 시도를 해도 좀처럼 컨디션이 회복되지 않는 날이 며칠째 계속되면, 짬을 내서 내가 다녔던 학교 캠퍼스를 찾아간다. 해가 머리 위 정상에서 서쪽으로 조금 내려가고 땅 위 그림자가 길어지기 시작할 때가 좋다. 한낮의 열기는 남아 있지만 낮을 지나 저녁을 준비하는 시간이다. 햇볕은 따뜻하면 좋겠고 바람이 조금 부는 날이면 더 좋다.

전철을 타고 학교 앞 전철역에서 내린다. 학교까지 이어진 긴 길을 한번 내려다보고 정문을 향해 천천히 걸어간다. 길을 따라 늘어선 가게도 구경하고 지나가는 사람도 구경한다. 문을 열어놓은 가게에서 흘러나오는 음악에도 귀를 기울여본다. 그렇게 긴장을 풀고 마음을 놓고 학교로 들어간다. 캠퍼스는 완전히 격리된 공간은 아니지만 담장으로 둘러싸여 조금은 분리되어 있다. 바쁘게 돌아가는 세상과는 다른 시간이 존재하는 듯한 곳이다.

세상이 팍팍하고 힘들지만 그래도 학교 캠퍼스엔 좋은 에너지가 흐른다. 다양한 표정들이 살아 있다. 내가 일하는 사무실의 표정은 매우 단조롭다. 여러 사람이 일하지만 표정은 하나같이 비슷하다. 대부분 미간을 찌푸린 채 컴퓨터를 보고 자료를 찾고 기사를 쓴다. 가끔 서로 얼굴을 붉힐 때도 있다. 사무실을 벗어나 광화문 거리로 나와봐도, 거리의 표정 역시 모노톤이다. 오피스 빌딩가여서인지 다들 바쁘다. 출근 시간엔 바쁘게 직장으로 출근하고, 점심시간에 바쁘게 점심을 먹으러 가고, 점심을 먹은 뒤엔 다시 바쁘게 회사로 돌아간다. 테이크아웃 커피 한잔을 기다리는 긴 줄에 선 사람들도 대부분 무표정이다.

그래도 퇴근길 얼굴들은 좀 밝다. 광화문 사거리 8차선 도로 건널목에 서서 사람들을 보면 아침보다는 조금 여유가 있다. 둘, 셋이 나누는 이야기의 시끌시끌함이 자동차 소음과 뒤섞여 전해진다. 사람들의 표정은 혼자가 아니라 함께 있을 때 훨씬 더 밝다.

하지만 캠퍼스는 다르다. 무표정이 별로 없다. 웃든

찌푸리든 골똘히 생각에 잠겼든 표정들이 살아 있다. 웃을 일이 별로 없는 시대지만, 웃는 얼굴이 상대적으로 많은 곳이다. 손짓 발짓, 몸의 언어도 역동적이다. 캠퍼스엔 생생한 에너지가 있다. 그곳의 표정은 모노톤이 아니라 풀컬러다.

학교 캠퍼스에 들어서면 일단 나의 현재형 문제는 조금 밀어놓고 그 순간 보고 듣고 느끼는 감각을 생생하게 받아들이려 한다. 거창하지 않아도 순간에 집중해본다. 걷고 벤치에 앉아 쉬고 차도 한잔 마시고 또 걷는다. 평소 잘 안 보던 하늘과 땅바닥도 쳐다보고, 바람도 느끼고, 캠퍼스를 지키고 있는 나무와 꽃의 냄새도 맡아본다. 학생들의 웃는 얼굴과 총천연색 에너지도 보고 듣고 느끼려 한다.

캠퍼스에 길게 늘어진 내 그림자를 보는 것도 좋아한다. 45억 년 전에 만들어진 태양의 빛이 8분 20초 만에 1억 5,000만 킬로미터 떨어진 지구로 와서 지친 내 몸에 닿아 땅에 그림자를 만든다는 것을 생각하면 신비한 느낌이 든다. 운 좋은 날엔 도서관 뒤쪽 언덕으로 걸어가

붉게 물들며 떨어지는 노을을 볼 수도 있다. 순간에 집중하기에 캠퍼스만 한 공간이 없다. 대자연은 너무 압도적이어서 내가 사라지는 느낌이지만, 친숙하게 나를 품어주는 이곳은 딱 내가 안도할 수 있는 크기의 공간이다.

학교 캠퍼스를 걸으면 옛 시절의 내가 떠오른다. 캠퍼스를 돌아다녔던 20대의 나. 별것 아닌 일에도 웃었지만 고민도 많았고, 걱정도 생각도 많았고, 때론 무기력했다. 그때의 나를 생각하면 과거의 나에게서 지금의 나로 이어진 긴 시간의 길을 느낀다. 어린 내가 그 길을 걸어 여기까지 왔다. 그러면 앞으로 어떻게 살아야 할까 고민했던 20대의 나를 위해 좀 더 힘을 내야겠다는 생각이 든다. 20대의 내가 지금의 나를 볼 때 부끄럽지 않도록 말이다. 그러다 보면 나의 고민에 대해서도 차분히 정리해보게 된다.

그렇게 반나절 정도 짧은 '여행'을 하고 나면 훨씬 가벼워진 마음으로 돌아올 수 있다. 문제는 그대로라고 해도 작은 기분 전환이 큰 선택을 현명하게 하도록 해준다.

그리스 태생의 스웨덴 작가 테오도르 칼리파티데스도 일흔일곱 어느 날 슬럼프에 빠진다. 서른한 살에 데뷔해 40여 권의 책을 낸 스웨덴 문학의 거장이 에너지가 완전히 소진돼 한 줄도 쓸 수 없게 된 것이다. 그는 은퇴를 고민한다. 책 『다시 쓸 수 있을까』는 노작가가 절망에서 탈출하기 위해 벌인 분투기다.

그는 물에 젖은 개처럼 몸을 흔들면 절망도 함께 떨어져 나간다는 안톤 체호프의 조언에 따라 옷을 입은 채로 샤워기 아래에 서서 온몸을 떨어보기도 했다. 하지만 회복하기는커녕 감기에 걸리고 슬픔은 더 깊어진다. 두 달 동안 온갖 시도를 한 끝에 결국 그는 작업실 문을 닫아버린다.

어떻게든 실마리를 찾기 위해 사람들을 만나고 먼 동네까지 걸어가고 여름 별장으로 떠나봐도 답을 찾을 수 없다. 그런데 문득 그가 스물다섯 살 때 고향을 떠나기 전 옛 애인이 보낸 편지의 한 구절이 떠오른다.

"돌아와요. 우리는 아직 산책할 길이 많이 남았잖아요"라는.

때마침 고향 마을 고등학교의 학생들이 마을 원형극장에서 공연을 하니 보러 와달라는 요청이 온다. 그는 고향 그리스로 향한다.

오래전 "어떻게 살아야 할지 모르겠다"는 질문 앞에 "떠나라"라는 답을 따라 그리스에서 스웨덴으로 왔다면, 이제는 "돌아가라"라는 마음의 소리를 따라 그리스로 간다.

"기억이 사라지면 글을 쓸 수 없다"는 소설가 필립 로스의 말대로 마음을 움직여줄 기억을 찾아간 것이다. 친척을 만나고, 친구 장례식장에도 가고, 자기 이름을 딴 고향 마을 거리에도 서보지만 아무런 진척이 없다.

뒤엉킨 매듭은 밤하늘에 보름달이 뜬 날 원형 무대에 오른 아이스킬로스의 비극을 보면서 극적으로 풀려버린다. 정전 때문이었다. 연극 도중 불이 갑자기 나가는 순간, 밤새 전기가 나갔다 들어왔다 했던 유년 시절의 기억이 몰려왔다. 모든 것이 멈췄다 다시 굴러가는 듯한 느낌, 모든 것이 다시 시작되는 듯한 느낌이 휘몰아쳤다. 그때 아이스킬로스의 대사가 메마른 땅을 적시는 빗줄

기처럼 그에게 쏟아졌다. 그는 자신의 근원에서 지금에 이르는 길을 느꼈고 그 길에서 자신은 글을 쓰는 작가일 수밖에 없다는 사실을 깨닫는다. 시원으로 돌아가 자신이 누구인지를 확인하고, 결국 답은 자신 안에 있음을 알게 된 것이다. 오후 한나절 캠퍼스를 걸으면 내가 확인하고 돌아가는 것도 나의 어떤 출발점, 그때의 다짐들인 듯하다.

이튿날 테오도르 칼리파티데스는 그리스어로 한 문장을 쓴다.

"힘든 때였다."

바로 이 책의 첫 문장이다. 그는 50여 년 만에 처음으로 모국어로 책을 썼다.

스트레스의 여러 정의 중엔 이런 뜻도 있다. "스트레스란 물체가 외부 힘의 작용에 저항하여 원형을 지키려는 힘"이다. 나를 지키기 위한 안간힘이라는 것이다. 나의 편안함, 안정감, 항상성이 깨질 때 보내는 신호이니 그렇기도 하다. 그렇게 생각하면 나의 스트레스가 애틋해진다. 하지만 너무 안간힘을 쓰며 주먹을 꽉 쥔 나머지 손톱이 살을 파고 들어가 상처를 내도록 해서는 안 된다. 힘을 풀어야 한다. 온몸에 들어간 힘을 풀고 주먹을 펴고 내 손을 봐야 한다.

그래도 나는 "우리는 아직 산책할 길이 많이 남았"다고 한 테오도르 칼리파티데스의 옛 애인의 말에서 희망을 품는다.

우리 인생엔 아직 가지 않은 길이 많이 남아 있다. 막다른 골목 같아도 그 옆엔 미처 보지 못한 길도 있다. 새로운 길은 아니라도 건너편을 살필 수 있는 작은 틈이라도 있다.

스트레스와 슬럼프에 대한 우리의 자세는 비가 내리면 일단 우산을 쓰는 것이다. 그리고 그 틈을 발견하는 것이다.

세 켤레의
신발

사무실 책상 아래엔 세 켤레의 신발이 놓여 있다. 편하게 일하고 싶을 때 신는 실내 슬리퍼, 먼 거리를 걷거나 산책을 위해 필요한 운동화, 그리고 혹시라도 공식적인 자리에 필요할까, 만약을 위해 준비한 하이힐이다.(긴 시간을 사무실에서 보내다 보니 사무실에 살림을 차렸다고 할 만큼 없는 게 없다. 필요한 게 있으면 제 사무실로 오시라.)

슬리퍼는 자주, 운동화는 가끔 꺼내 신지만 하이힐은 책상 아래에서 밖으로 나올 일이 별로 없다. 1년

365일 대부분 조용히 그 자리를 지키고 있다. 예전에는 가끔 하이힐을 꺼내 신기도 했다. 하지만 번번이 몇 분 만에 금방 불편해져 후회하다 이젠 거의 신을 엄두도 안 내는 단계에 이르렀다. 그래도 혹시 급하게 필요할 때가 있을지 몰라 그대로 둔다. 어쩌면 하이힐을 집 신발장으로 곧바로 '철수'시키지 않는 건 하이힐에 대한 미련, 정확하게는 하이힐 판타지에 대한 미련 때문인지도 모르겠다.

하이힐에 대한 우리의 판타지를 보여주는 게 세라 제시카 파커 주연의 영화 〈하이힐을 신고 달리는 여자〉다. 영화의 원제는 'I don't know How She does It'. 이 모든 일을 어떻게 다 해내는지 도무지 알 수 없다는 뜻인데 '하이힐을 신고 달리는 여자'라니 절묘한 번역이다.

하이힐은 원래 승마할 때 발을 받치는 등자에서 발이 잘 빠지지 않도록 승마 부츠에 뒷굽을 단 것이 기원이라고 한다. 그러니까 원래는 남녀 구분이 없었다는 말이다. 근대적 노동이 시작되면서 남성들의 높은 굽은 일하기에 불편해 자취를 감췄지만 여성의 하이힐은 그대로 남았다. 아름답게 보이고 섹슈얼한 여성성을 드러내기 위해 활동성과 편안함을 포기한 것이다.

어떤 정신분석학자는 여성들이 하이힐을 신고 넘어질 듯 위태로워 보일 때 남성들이 사디즘적 아름다움을 느낀다고 하니, 하이힐은 신는 여성보다 보는 남성의 시선으로 살아남았다고 할 수 있다. 그런 하이힐을 신고 달린다니. 그 불가능한 일을 해낼 수 있는 이는 슈퍼우먼이다. 멋지고 예쁘고 일도 잘하는, 모든 것을 다 가진 여성에 대한 판타지다. 실제로 주인공 케이트는 7-8센티미터가 족히 넘는 하이힐을 신고 바쁘게 뛰고 달린다.

두 아이를 둔 펀드매니저 케이트는 여느 워킹맘들이 그렇듯 시간이 늘 모자란다. 퇴근해서야 유치원 바자회에 쓸 빵을 사러 다니고, 잇따르는 야근에, 아이를 떼어놓고 출장을 가는 건 늘 힘들다. 아이를 누가 돌보느냐는 문제로 남편과 싸우고, 베이비시터 눈치 보느라 하고 싶은 말도 제대로 못한다. 매일 밤 녹초가 되어 쓰러진다.

하지만 케이트는 일, 가정, 교육, 아이들과의 감정 공유, 남편과의 관계, 만만찮은 시어머니에 이르기까지 어느 것 하나 놓치지 않는다. 모든 일을 현명하게 척척 해 낸다. 결국 직장에선 자기 이름을 붙인 펀드를 만들어 성 공하고, 아이들과 남편을 사랑하고 사랑받고, 게다가 멋 진 동료로부터 당신 때문에 마음이 설렌다는 고백까지 받는다. 때론 옷에 팬케이크 반죽을 묻히고 출근하기도 하지만 언제나 자기중심을 잃지 않고, 자신의 세계를 완 벽하게 관장하며 모든 일에 현명하게 대처한다. 이보다 더한 해피엔딩이 없다.

워킹맘의 애환을 다뤄 워킹맘들의 공감을 얻었다지 만 나는 이런 영화가 조금 유감스럽다. 판타지는 판타지 일 뿐이라며 넘겨버리면 그만이지만, 이런 이야기는 엄 마들의 죄의식을 자극한다. 영화는 워킹맘에게 최선을 다하는 것을 넘어 같은 시간이라도 효율적으로 관리하 고 모든 순간 현명하게 행동하라고 이야기하고 있기 때 문이다. 당신이 직장에서, 또 가정에서 제대로 성공하지 못한 건 열심히 하지 않았기 때문일 뿐 아니라 '현명하 지' 못했기 때문이라고 이중으로 공격한다. 효율적인 시 간 관리란 결국 시간을 효율적으로 써서 같은 시간에 더 많은 일을 하라는 이야기다. 일요일에 일주일 치 음식을 모두 다 해놓고 남는 시간엔 더 생산적인 일을 하라고 한다.

지나고 보면 모든 것이 처음인 초보 엄마가 만사에 현명하긴 어렵다. 아무리 책에서 배우고 다른 사람의 조언을 받아도 결국 처음일 수밖에 없다. 서툰 일들을 처리하느라 힘겨워하며 정신없이 보내다 보면 어느새 시간이 지나가 있다. 선후배 동료 엄마들이 모였을 때 가장 많이 하는 말 중 하나가 "미안하다"이다. 이렇게 못 해줘서 미안하고, 저렇게 못 해줘서 맘에 걸린다는 것이다. 엄마들에게 필요한 건 시간을 효율적으로 쓰라는 말이 아니라 좀 쉬라는 말이다. 영화에선 가능할지 몰라도 현실에선 어느 누구도 하이힐을 신고 달릴 수 없다. 한번 달려보시라. 넘어지지 않으면 다행이다.

판타지 세계에서 오랫동안 하이힐의 주인이던 여성들도 이제 하이힐을 벗고 있다. 대표 선수는 우리의 공주들, 그중에서도 구두의 대명사인 신데렐라와 육지의 왕자에게 반해 목숨을 걸고 인간의 신을 신은 인어 공주다. 신데렐라와 인어 공주의 구두는 모두 왕자의 선택을 위한 신발이다.

하지만 두 구두에는 차이가 있다. 마법사가 만들어 준 유리 구두를 신고 전적으로 왕자의 선택을 받는 신데렐라는 그 뒤로 오랫동안 행복했지만, 감히 인어 주제에 왕자를 사랑하고 욕망한 인어 공주는 고통 속에 물거품으로 사라진다. 안데르센의 또 다른 동화인 「빨간 구두」에서 여성의 욕망은 완전한 죄가 된다. 동화 속 소녀 카렌은 빨간 구두를 신고 미친 듯이 춤만 춘다. 빨간 구두는 카렌이 교회도 못 가게 하고 할머니를 돌보는 의무도 저버리게 한다. 춤을 멈출 수 없는 카렌은 결국 자신의 발목을 잘라낸다. 소녀가 자신의 욕망을 잘라내 춤추기를 멈추고 죄를 빌어 착한 소녀가 됐다니 참 끔찍한 동화다. 동화는 어린이가 독자라는 이유로 그 시대가 믿는 윤리와 도덕 가치를 가르치려 하기 때문에 성인 소설보다 훨씬 더 이데올로기적이다. 그래서 어린이를 위한다는 동화가 오히려 아름답지 않은 경우가 많다.

사회운동가 리베카 솔닛은 『해방자 신데렐라』에서 신데렐라의 유리 구두를 벗긴다. 재투성이 신데렐라는 옛이야기처럼 마법사의 도움으로 무도회에 가서 왕자와 춤을 추고, 유리 구두 한 짝을 흘리고 온다. 하지만 원전과 달리 신데렐라는 유리 구두를 들고 온 왕자와 결혼해 그 뒤로 오래오래 행복했다는 동화 속 인생을 선택하지 않는다. 그 대신 평소 만들기 좋아했던 케이크 가게를 연다. 왕자는 "나와 결혼해달라"는 청혼 대신 "나와 친구가 되어달라"고 부탁한다. 아무도 왕자와 친구가 되지 않으려 한다며. 신데렐라는 기꺼이 왕자와 친구가 된다. 사실 숱한 전래동화에서 왕자는 공주에게 '프러포즈'를 하지 않는다. 선택은 왕자가 하는 것이니 여성의 마음이나 대답은 중요치 않기 때문이다.

케이크 가게는 늘 사람이 붐빈다. 신데렐라는 도움이 필요한 이들을 도와준다. 신데렐라는 해방자가 되길 원한다. 해방자는 다른 사람들이 자유로워지도록 길을 찾아주는 사람이다. 여기에 솔닛의 철학이 담겨 있다. 솔닛은 도움받는 것을 부끄러워하지 말라고, 위기에 처했을 땐 소리 높여 도움을 청해 도움을 받아야 한다고 말해왔다. 하이힐을 신고 혼자 뛰고 달리지 말고 도움을 청하라는 말이다. 신데렐라는 더 이상 재투성이가 아니다. 마침내 그는 '신데렐라cinderella'라는 별명에서 '신더(재투성이)'를 뺀 엘라라는 자기 이름을 찾는다.

솔닛의 신데렐라는 옛이야기, 특히 공주 이야기에 담긴 여성에 대한 왜곡된 이데올로기를 바로잡으려는 숱한 PCPolitically Correct, 정치적 올바름 동화 중 하나다. 그만큼 모든 것을 다 비틀고, 요소 하나하나가 다 선언적이다. 원래 이야기에서 계모는 신데렐라의 유리 구두에 끼워 넣기 위해 자기 딸의 뒤꿈치를 자르는 잔혹한 만행을 벌인다. 신데렐라처럼 유리 구두에 들어갈 수 있는 작은 발에는 성적으로 섹시하고 아름답다는 함의가 있다. 하지만 해방자 신데렐라의 발은 언니들보다 훨씬 크다. 언니들은 도리어 발이 작아서 유리 구두의 주인 행세를 하지 못한다. 이제 매우 큰 발의 해방자 신데렐라는 더 이상 유리 구두를 신지 않는다. 그 대신 튼튼한 부츠를 신고 어디든 다닌다.

신데렐라가 해방자로 다시 탄생했다면 인어 공주는 언어학자 도나 조 나폴리와 그림책 작가 데이비드 위즈너에 의해 『인어 소녀』가 된다. 신화와 민담을 재해석한 작품을 써온 도나 조 나폴리는 인어 공주를 21세기의 당당한 현대 소녀로 해석한다. 원래 인어 공주는 겨우 열다섯의 소녀이다.

아가미와 폐를 모두 지닌 인어 소녀는 해안가 수족관 오션 원더스에 숨어 살아간다. 스스로 바다의 왕이라는 주인 넵튠은 오션 원더스에 인어가 살고 있다고 자랑해 손님을 끌어들인다. 그렇지만 인어 소녀에게 손님들의 호기심을 끌 정도만 아주 살짝 모습을 보여주곤 꼭꼭 숨으라고 하여 비밀을 유지한다. 넵튠은 자신이 인어 소녀를 어린 시절 구해줬고 이 세상에서 소녀를 사랑하는 사람은 오직 자기뿐이라고 한다. 또, 다른 사람들에게 발각되면 실험실로 끌려가고 사람들은 너를 혐오할 거라며 겁을 줘 세상에 대한 호기심과 관심을 막는다. 가스라이팅이다.

그러던 어느 날 인어 소녀는 수족관을 찾은 소녀 리

비아를 만난다. 21세기 인어 소녀는 왕자가 아닌 친구를 만나는 것이다. 리비아의 도움으로 수족관 밖으로 나온 소녀는 땅에 나오면 인어 꼬리가 사라지고 다리가 생긴다는 사실을 알게 된다. 그렇게 소녀는 한 걸음씩 자기 존재의 비밀과 자유를 찾아나간다.

동화 속 인어 공주는 왕자의 사랑을 얻기 위해 최선을 다하지만 왕자는 원래 신분도 출신도 모르는 인어 공주와 결혼할 생각이 없었다. 그저 '주워 온 사랑스러운 아가씨'라 부르며 모든 곳에 그녀를 데리고 다녔다. 안데르센의 동화에서 인어 공주가 어떤 구두를 신었는지는 나오지 않지만 공주는 왕자에게 아름답게 보이기 위해 가장 아름다운 인간의 신을 신었을 것이다.

하이힐은 프랑스 루이 14세가 작은 키를 커버하기 위해 신기 시작한 뒤 남녀 불문하고 귀족 사이에서 유행했다. 신분이 높을수록 굽도 높았으니 왕자가 예뻐한 공주의 구두 굽도 꽤 높았을 것이다. 디즈니판 인어 공주는 물론 구두를 신고 춤을 춘다. 동화 속 공주는 왕자와 춤을 출 땐 날카로운 칼을 밟는 듯 아팠고 때론 남들 눈에 떨 만큼 발에서 피가 흘렀다. 하지만 왕자가 쳐다보면 미소를 지었다.

다리를 얻는 대가로 목소리를 잃은 인어 공주는 물거품이 되어 사라지지만, 21세기 인어 소녀는 다른 선택을 한다. 그는 땅 위에서 자기 목소리를 얻어 친구 이름을 부른다. 그때 그는 자신을 고통 속에 밀어 넣는 높은 구두 따위는 신고 있지 않다. 자유로운 맨발이다.

내가 신데렐라와 인어 소녀처럼 '정치적 올바름'을 이유로 높은 구두를 벗은 건 아니다. 하루 종일 돌아다니고 때론 낯선 곳에서 오랜 시간 대기해야 하는 일의 특성상 하이힐은 불편했기 때문이었다. 아무리 구두가 패션의 완성이라지만 발을 혹사하며 일할 순 없다. 어쩌다 높은 구두를 신고 나간 날엔 하루 종일 발이 아프고 때로 뒤꿈치가 까지기도 했다. 일회용 밴드를 뒤꿈치에 붙이고 다니기를 몇 년, 결국 가장 편한 신발에 안착했다.

이젠 2-3센티미터 정도의 굽이 있는 단화가 제일 편했다. 플랫슈즈도 가끔 신지만 부드러운 가죽 로퍼를 선호한다. 또 각진 백보다는 아무렇게나 들고 다닐 수 있는 에코백이 편하고, 딱 붙는 셔츠보다는 품이 큰 티셔츠가 좋다. 요즘 남성들의 뷰티와 패션도 만만찮지만, 남성의 옷은 전반적으로 얼마나 활동하기에 편한가에 주안점을 둔 반면 여성의 옷은 대부분 보이는 데에 초점을 두는 게 사실이다. 여성 옷에 흔한 뒷지퍼가 남성복엔 거의 없다는 사실을 알고 새삼 놀란 적이 있다. 여성이 다른 사람의 도움을 받아 입던 옛날 방식이 그대로 남은 것이라고 한다. 남성복 주머니는 여성복 주머니보다 깊고 마무리 박음질도 훨씬 튼튼한 편이다. 그래서 나는 때로 남성복 코너를 기웃거리기도 한다.

나이가 들어서 좋은 점은 남들이 뭐라든 거추장스러운 것을 버리고 좀 편해질 수 있다는 것이다. 내가 좋아하는 것과 나에게 편한 것이 확실해지면서 남들이 말하는 좋다는 것에 무뎌지게 된다. 더 이상 꿈꿀 수 없는 것은 과감히 (사실은 어쩔 수 없이) 포기한 결과이기도 하다. 필요 없는 것은 버리고, 포기할 것은 포기하고 나면 나의 세계는 좀 작아지지만, 그만큼 그 세계에서 할 수 있는 것에 더 집중하게 된다. 또 내가 뭘 버릴 수밖에 없는지를 알게 되면 스스로를 못마땅해하며 들볶던 젊었을 때와 다르게 나 자신에게도 좀 관대해진다. 관대함은 부족함에서 나온다. 뭔가를 넘치게 갖고 있어서가 아니라 한계와 부족함을 알기에 관대해진다. 그래서 '괜찮다'는 이야기도 더 쉽게 할 수 있다.

좋은 구두가 사람을 좋은 곳으로 데려간다고들 말한다. 흔히 좋은 구두라면 비싸고 예쁜 구두를 떠올린다. 나에게도 예쁘고 세련된 구두, 나를 멋지고 돋보이게 하는 구두가 최고였던 적이 있었다. 하지만 지금 나에게 좋은 구두는 제일 편한 구두이다. 편한 신발이라면 어디로든 갈 수 있다.

시작이 취미

스스로를 고향 산골에 가두고 구도자적 자세로 글을 쓰는 소설가 마루야마 겐지는 취미에도 엄청나게 공을 들인다. 1967년 스물셋에 당시로선 역대 최연소 아쿠타가와상을 받은 그는 이듬해 짐을 싸들고 고향 나가노 산골로 들어가 버린 것으로 유명하다. 텔레비전 출연부터 소위 문단의 간섭까지 도시의 번쩍이는 유혹, 명성과 돈이야말로 작가에게 치명적이라고 판단했기 때문이었다. 그는 글이란 가난한 자가 고독하게 정면 승부해야 하는 작업이라고 여겼다.

때론 소설, 영화, 그림 같은 작품이 아니라 한 예술가의 삶 자체가 엄청난 스토리를 지닌 위대한 텍스트가 되기도 한다. 겐지의 삶이 그렇다. 그의 살아가는 방식 자체가 살아 있는 전설이 된 지 오래다. 그래서 소명, 운명, 이런 단어들을 생각하면 겐지가 떠오른다.

나가노 산골에서 글만 쓰는 그의 삶을 받쳐주는 것이 취미다. 그는 글을 쓰지 않는 시간에 왕성한 취미 활동을 한다. 그런데 즐겁자고 재미로 하는 것이 취미일 텐데, 그는 취미에서도 꽤 전투적이다. 뭔가를 이루려면 독한 마음으로 해야 한다는 그의 철학이 취미에도 적용된다. 그는 열정적 취미를 모아 『취미 있는 인생』이라는 에세이집을 내기도 했다.

그는 정원사로 유명하다. 정원을 가꾸는 일이 책 수만 권 읽는 것보다 더 큰 깨달음을 준다고 한다. 1월부터 12월까지 정원을 가꾸며 얻은 통찰은 따로 『그렇지 않다면 석양이 이토록 아름다울 리 없다』라는 책으로 묶어 내기도 했다. 젊었을 때부터 탄 오토바이와 사륜구동 차도 오래된 취미다. 젊은 시절 오프로드 바이크와 사륜구

동 차로 사막을 질주하고 케냐 사파리 랠리를 취재하며 보고 듣고 느낀 건 『세계폭주』라는 책에 담았다. 1년에 1천 편 정도 보는 영화, 음악 감상 같은 오랜 취미부터 샌드백 차기, 쓰레기 소각로 만들기 등 일상의 모든 것을 소소한 취미로 만든다. 그에게 취미란 취향을 공들여 만드는 것이다. 그냥 취미가 아니다.

겐지 정도는 아니더라도 취미란 시간을 쌓아야 제대로 즐길 수 있다는 건 분명하다. 취미에서 시작해 전문가 수준에 이르게 된 주변 사람들을 많이 본다. 취미에서 자신의 업을 찾기도 한다. 세상의 많은 일이 시간을 얼마나 투자했느냐에 비례해 성과가 난다는 건 진리다. 취미에도 이 진리가 적용된다. 겐지를 보면 진짜 취미가 되려면 그 취미에 대해, 그 취미를 즐긴 자신의 역사에 대해 책한 권 분량 정도의 이야기를 가져야 하는 걸까 생각해보기도 한다.

그런 기준으로 보면 내 취미는 참으로 얄팍하다. 독서가 취미이긴 하지만 그건 직업과 연결되는 것이니 빼고 나면 꾸준히 갈고 닦아온 나만의 취미라고 딱히 내세울 것이 없다. 아마도 끈기, 인내심, 지구력 같은 것이 부족한 탓 같다. 지겨움을 잘 느끼는 성격이라 뭔가를 오랜 시간 동안 꾸준히 해 일정 수준에 올려놓지를 못한다.

일상적으로 가장 좋아하는 것은 드라마 (몰아) 보기인데, 이걸 취미라고 내세우긴 어렵다. 운동 중에선 발레를 비교적 오래 하고 참 좋아했다. 하지만 저녁 약속에 밀려 수업을 몇 번 빠지다 보니 리듬을 잃고 결국 따라가지 못해 몇 번이나 하급반으로 내려가기를 거듭하다 어느 날 중단하게 됐다. 대부분 이런 식이다. 시작은 쉽게 하지만 끈기 있게 지속하지를 못한다. 피트니스에 몇 개월 치 등록을 해놓고 한두 달 열심히 다니다 만 적도 부지기수다. 남들이 좋다는 수영, 각종 요가, 필라테스도 해봤다. 일본어, 영어 개인 레슨도 했고 피아노, 미술, 일러스트 교실, 소설 쓰기, 시나리오에 그림책 학교도 다녔다. 요리 강습과 각종 온라인 인문 강의는 말할 것도 없다.

배고플 때 마트에 가면 정신 못 차리고 카트에 이것저것 때려 넣듯 일단 재밌겠다 싶으면 즉시 신규 등록을 해버린다. 신규 등록 중독이다. 등록을 하고 나면 시작도 안 했는데, 시작이 반이라고, 벌써 한 걸음 나간 것 같아 뿌듯하다. 그 세계에 이미 한 발을 들여놓은 기분이다. 하지만 지속력이 떨어지다 보니 포기도 빨라서 조금 맛만 보고 그만두기 일쑤다. 진득하게 뭐 하나 끈질기게 하질 못한다. 딱 그만큼의 관심과 허기인 모양이다.

어쩌면 '신규 등록' 자체가 내 취미가 아닐까 생각한 적도 있다. 뷔페에서 한 접시에 이것저것 담아 먹듯 조금씩 맛보는 것이다. 언젠가 친한 후배가 "선배, 그거 한번 책으로 써봐요"라고 한 적이 있다. 여기서 '그거'란 일단 시작하고 보는, 이것 집적 저거 집적 하는 습관이다. 이것이야말로 주의력 결핍, 주의력 산만의 시대에 진정한 취미일 수 있다는 것이다.

'시작이 반'인 건 분명하지만 인생의 하루하루를 쌓아가면서 알게 된 진실은, 일정한 과정을 거치고 숱한 사정을 견뎌 마침표를 찍어야만 알 수 있는 게 있다는 것이다. 99퍼센트 정도에서 그만두는 것과 1퍼센트를 더해 100퍼센트를 완성해내는 것은 완전히 다르다. 인생이 결승 테이프를 한 번 끊고 들어왔다고, 완주 한 번 했다고 끝나는 것은 아니지만, 끝없는 출발과 도착, 또 다른 출발로 이어지는 삶 속에서 한 단계의 매듭을 지어야 그다음으로 나아갈 수 있다.

완주를 생각하면 온다 리쿠의 서점대상 수상작인 『밤의 피크닉』이 떠오른다. 일본 서점대상 수상작을 모두 읽어보겠다는 계획을 세운 적이 있었다. 아쿠타가와상도 있고 나오키상도 있지만, 서점 종사자들이 뽑은 서점대상이야말로 재미있으면서도 문학적으로도 일정 수준을 유지하는 균형감을 보여주기 때문이었다. 이번에도 결심을 하자마자 곧바로 당시 국내에서 출간된 역대 일본 서점대상 수상작을 모두 사서 쌓아뒀다. 야심차게 출발한 이 프로젝트도 중간에 흐지부지되고 말았다. 변명이라면 읽어야 할 다른 책들이 너무 많았기 때문이다. 그렇다고 손해를 본 것은 아니다. 어쨌든 책은 고스란히 쌓여 있고, 사이사이 시간 날 때마다 야금야금 읽고 있으니.

『밤의 피크닉』은 남녀공학 고등학교 '북고'의 연례행사인 '보행제'에서 벌어진 이야기다. 보행제는 전교생이 아침 8시에 학교를 출발해 밤새 80킬로미터를 걸어 다음 날 아침 8시 학교로 돌아오는 행사다. 중간에 잠깐 눈을 붙이는 시간 이외에 24시간을 꼬박 걷는다.

24시간 도보라니 만만치 않겠지만 1년에 딱 한번, 친한 친구와 나란히 걸어서 밤을 함께 통과하는 일이라면 오랫동안 기억에 남을 추억이 될 것 같다. 밤하늘의 달과 별 아래 평소보다 더 속 깊은 이야기를 나눌 수 있지 않을까. 실제로 아이들은 보행제 때 비밀도 털어놓고 오해도 풀고 때론 용기를 내서 짝사랑하는 상대에게 고백을 하기도 한다. 그래서 북고 학생들도 매번 힘들다고 투덜거리지만, 막상 졸업하고 나면 학교생활에서 가장 기억에 남는 추억으로 보행제를 꼽는다.

속 깊은 여학생 다카코는 보행제에 참가하면서 마음속으로 혼자 내기를 한다. 12시가 되기 전까지 같은 반 친구인 도오루에게 말을 걸어 대답을 듣는 것이다. 잘생긴 외모에 말수가 적은 도오루는 은근한 카리스마로 여학생들에게 인기 높은 남학생이다. 그렇지만 다카코가 도오루를 짝사랑하거나 관심이 있는 건 아니다. 둘은 몰래 사귄다는 소문이 돌고 있는데, 이유는 둘이 유난히 표시 나게 서로를 외면하기 때문이었다.

하지만 사람들 앞이라고 괜히 어색해하는 것이 아니라 둘은 진짜 불편한 사이다. 이들은 실은 이복남매였다. 다카코의 어머니와 지금은 세상을 떠난 도오루의 아버지가 잠깐 바람을 피워 낳은 딸이 다카코다. 그래서 둘은 항상 서로를 피해 다녔다. 특히 도오루는 세련되고 멋진 커리어우먼인 다카코의 엄마를 볼 때마다 다카코의 엄마가 아버지를 빼앗아버린 듯한 느낌을 받는다. 다카코의 부유한 형편이 가난하고 옹색한 자기 집과 비교되면서 다카코를 볼 때마다 분노가 치미는 것을 참을 수 없다.

그런 둘이 80킬로미터를 걷는다. 다카코는 도보 내내 적의에 찬 눈빛을 보내는 도오루에게 말을 붙이는 상상을 한다. 그리고 마침내 다카코는 자기 자신과의 약속을 이뤄낸다.

"생일 축하해"라는 말.

"고마워"라는 대답.

다카코가 말을 건 순간, 이상하게 도오루는 다카코에 대한 미움이 사라지는 걸 느낀다. 밤이 가진 신비한 힘 때문이고, 그 밤을 나란히 걸었기 때문이었다. 어쩌면 몸이 너무 피곤해 정신이 나른해졌기 때문일지도 모른다. 자기가 좋아하고 자기를 좋아해주는 친구들과 주고받는 명랑한 활기와 따뜻한 응원 덕분일 수도 있다. 원래 까칠하게 굳어버린 마음도 따뜻하고 활기찬 마음들 사이에 있으면 말랑말랑해진다. 그러니 마음이 뾰족해질 땐 따뜻한 마음들 사이로 들어가야 한다. 거기에 자신을 가만히 놓아두면 마음이 조금은 부드러워진다.

그렇게 이들은 80킬로미터를 완주해 학교로 돌아온다. 처음엔 빨리 끝내고 집에 가서 시원하게 샤워하고 잠들고 싶다고 생각하지만 결승점인 교문이 보이자 모두들 이 길이 끝나지 않고 좀 더 계속되기를 바란다.

그게 바로 완주의 아름다움이다. 뛰어왔건, 걸어왔

건, 엉금엉금 기어왔건 마침표를 찍는 것 자체가 멋진 일이다. 그 누구도 아닌 자신에게 자신을 증명하는 것이기 때문이다. 그리고 결승점을 통과할 때 비로소 이제까지 걸어온 길의 의미가 새삼스럽게 만들어진다. 그 길의 비밀은 중간에 그만두면 결코 알 수 없는 것이다.

다카코와 도오루도 80킬로미터를 완주하며 오랫동안 품고 있던 불편함과 분노의 감정에 마침표를 찍었다. 지금의 달뜬 마음과 달리 내일 아침이면 다시 마음에 분노가 차오를지 모르겠지만, 그렇다 해도 내일의 마음은 어제의 마음과 같을 수 없다. 매듭지어 한 시절을 마무리했기 때문이다. 그 시절의 한 챕터가 끝났다. 끝은 또 다른 시작이기에 둘의 관계는 이제 다시 출발한다. 이렇게 시작과 끝을 반복하며 우리는 각자의 삶을 완주한다.

뭐 재밌는 거다 싶으면 마음이 이리저리 쏠려, 일단 한번 해보고 재미없다 싶으면 곧바로 그만두는 나의 몹쓸 병 때문에, 내게 숱한 '시작'은 있지만 '끝'은 제대로 맺지 못할 때가 많다. 때로 어쩌면 이게 내 방식의 완주가 아닐까 변명해보기도 한다. 쉽게 지겨워하는 나의 성향을 이겨내기 위해 나만의 스타일로 내 삶을 완주하고 있는 것은 아닐까 하는.

그래도 좋아하는 취미 하나쯤은 완성해보고 싶다. 나이가 들어도 인생을 즐겁게 지낼 수 있는 일정 수준 이상의 취미. 그 세계 하나쯤은 아주 길게길게 완주해보고 싶다.

퇴근 후 마시는
맥주 한 잔의 맛

"역시 일 마치고 마시는 맥주가 최고네요."

무라카미 하루키의 소설집 『일인칭 단수』에 나오는 말이다. 역시 하루키는 맥주 맛을 안다.

시원한 맥주 한 잔은 오늘도 수고한 나를 위해 주는 최고의 선물이다. 고단한 일을 끝내고 시원한 맥주 한잔을 마시면, 그 순간 하루의 피곤이 순식간에 쓸려 내려간다. 행복하다. 행복은 때로 매우 단순하다.

퇴근해 집에서 간단히 마실 땐 효모가 살아 있는 바나나향의 밀맥주 바이젠을 한 잔 마신다. 떠들썩한 자리에서 여러 잔을 마실 땐 첫 잔은 바이젠을, 두 번째 잔부터는 시원함이 최고인 필스너를 마신다. 우리 맥주 중에는 비교적 무게감이 있는 클라우드 아니면 깔끔한 라이트 라거 카스를 마신다. 한국 맥주는 원가를 낮추기 위해 보리 외에 값싼 곡물로 대량 생산을 하다 보니 맛이 밍밍하다는 이야기도 있지만, 맛에 대한 취향이 그리 까다롭지 않은 나에겐 라이트한 시원함 그 하나만으로도 그날의 피로를 날리기에 충분하다. 가장 맛있는 맥주는 종류 불문하고 하루를 마무리하는 저녁, 좋은 사람과 시원하게 마시는 맥주 첫 잔이다.

나를 행복하게 하는 맥주의 역사는 기원전 4000년까지 거슬러 올라간다. 누군가 실수로 보리빵을 물병에 떨어뜨린 덕분에 인류 최초의 맥주가 탄생했다고 한다. 나중에 보니 향긋한 알코올음료가 됐다는 것이다. 그 옛날 빵이 얼마나 귀했을지를 생각하면, 빵을 물에 떨어뜨리고 경악했을 그분께 깊은 위로와 감사를 보낸다.

"덕분에 제가 맥주를 마십니다"라고.

보릿가루로 만든 빵을 찢어 뜨거운 물에 발효시키

는, 지금의 맥주 양조법의 기초를 만든 이집트인들에게도, 대이동과 함께 맥주를 유럽 전체에 퍼뜨린 게르만인에게도, 양조 작업에 매진해 맥주의 품격을 높인 중세 수도원 수사님께도 감사하다. 그리고 1516년 맥주 순수령을 주도한 독일 바이에른 공작님께도 고개를 숙인다. 맥주 순수령은 빵의 주재료인 밀과 호밀을 맥주 만드는 데쓰지 못하도록 오직 보리, 물, 맥아로만 맥주를 만들라고한 명령이었다. 하지만 언제나 금지를 뛰어넘는 자가 있는 법. 귀족들은 비밀리에 밀 맥주를 따로 만들어 마셨다. 그래서 밀맥주는 귀족들만의 귀한 맥주가 됐다. '정의롭지 않은' 흑역사지만 덕분에 밀맥주 애호가는 오늘도 맛있는 밀맥주를 한 잔 마신다.

아침에 일어나자마자 맥주를 마신 괴테도 애주가로유명하지만, 맥주를 이야기할 때 무라카미 하루키를 빼놓을 수 없다. 대학을 졸업하기도 전에 결혼해 재즈바를운영한 이력처럼 그의 작품에는 술이 단골로 등장한다.와인, 스카치위스키, 보드카, 진, 럼, 칵테일, 그리고 당연히 맥주도.

1978년 4월 어느 쾌청한 날 오후, 하루키가 소설을 써야겠다고 결심한 순간에도 맥주가 있었다. 그날 스물아홉의 하루키는 진구 구장 외야석에서 센트럴리그 개막전인 야쿠르트 스왈로스 대 히로시마 카프 경기를 보고 있었다. 그는 야쿠르트 스왈로스 팬이다. 당시 외야석은 의자가 아닌 잔디 비탈이어서, 하루키는 비스듬히 누워 맥주를 마시며 경기를 봤다. 그의 표현에 따르면 하늘은 맑았고, 맥주는 완벽하게 시원했다. 아주 완벽하게.

1회말, 히로시마 선발 투수 다카하시가 던진 1구를 야쿠르트의 첫 타자 데이브 힐턴이 깔끔하게 받아 쳐 2루타를 만들었다. 방망이에 공이 맞는 청명한 소리가 구장에 울리고, 초록 풀밭에 하얀 공이 떠올랐을 때 하루키는 아무 근거 없이 문득 이런 생각을 했다.

'나도 소설을 쓸 수 있을지 모른다.'

경기가 끝난 뒤, 그는 신주쿠 기노쿠니야 서점에 들러 만년필을 샀다. 그리고 매일 밤늦게 재즈바에서 일을 끝낸 뒤 한밤중 부엌 테이블에 앉아 맥주를 마시며 소설을 썼다. 매일 조금씩 단락을 지어 '오늘은 여기까지'라는 식으로 써나갔다. 그렇게 나온 작품이 1979년 군조신인상을 수상한 하루키의 자전적 소설 『바람의 노래를 들어라』다.

이 소설은 하루키의 분신인 스물한 살의 대학생 '나'가 1970년 여름방학, 고향에서 보낸 18일간의 이야기다. 이 시간 동안 그는 '쥐'라는 별명의 친구와 만나 매일 원수진 듯 맥주를 마셔댄다. 눈이 나빠 비행기 조종사의 꿈을 접은 쥐는 대학에서 학생운동을 했지만 운동은 좌절됐고, 함께한 친구들이 모두 제자리로 돌아가자 학교를 중퇴하고 소설을 쓰고 있다.

둘은 3년 전 봄에 처음 만났을 때에도 맥주를 마셨다. '나'가 대학에 입학한 그해 어느 새벽, 두 사람은 엉망으로 취해 검은색 피아트 600을 시속 80킬로로 달리다 공원 돌기둥을 박아버린다. 하지만 운 좋게도 상처 하나 입지 않자 '나'와 쥐는 팀을 이뤄 뭐라도 하면 잘될 거라며 의기투합한다.

그래서 처음으로 한 일이 맥주를 마시는 것이었다.

이들은 근처 자판기에서 맥주 여섯 캔을 사다가 바닷가 모래사장에서 바다를 바라보며 맥주를 마셨다.

3년 후 1970년 여름에도 두 사람은 다시 만나 맥주를 마신다. 여름 내내 이들이 마신 맥주의 양은 25미터 풀장을 가득 채울 정도였고, 이들이 버린 땅콩 껍질은 단골 바 바닥에 5센티미터는 쌓일 만큼이었다고 한다. 그때는 그렇게라도 하지 않으면 살아남지 못할 정도로 지루한 여름이었다. 두 사람은 시대를 '견디기' 위해 맥주를 마셨다. 이들이 견디려 했던 건 시대의 허무와 공허, 그리고 상실감이었다.

급진적 학생운동인 '전공투운동'은 실패로 돌아가고, 기성세대들은 화려한 고도경제성장을 이뤄낸 때였다. 기존 질서를 부정했던 운동권 학생들은 운동이 좌절된 후 대거 호황 경제에 기득권으로 편입되면서 청년 세대 사이에서 자괴감이 일었다. 여기에 베트남전, 68운동, 히피 문화의 영향으로 허무주의가 전 세계를 휩쓸었다. 경제적으로는 더없이 화려하고 풍요롭지만 정신적으로는 공허한 시절, 젊은이들은 뭔가를 잃어버린 듯한 상실감과 결핍감에 견딜 수 없었다.

"모든 것은 스쳐 지나간다. 누구도 그걸 붙잡을 수는 없다. 우리는 그렇게 살아가고 있다"고 생각했다. 젊은 두 사람이 의기투합해 할 수 있는 일도 그저 맥주를 마시는 것뿐이었다. 모든 것이 허무했다. 그저 언젠가 바람의 방향이 바뀌기만을 속절없이 기다리던 청춘이었다.

하지만 『바람의 노래를 들어라』의 주인공인 '나'는 그 시절을 통과해 소설가가 된다. 하루키도 이 작품으로 소설가가 된다. 소설 안에서는 주인공들이 마신 그 엄청난 양의 맥주가 소설이 됐고, 소설 밖에서는 하루키가 늦은 밤 부엌 테이블에 앉아 소설을 쓰며 마신 맥주가 하루키 소설 세계를 만들어냈다. 무의미를 견디고 결핍을 채우고 상실감을 지우기 위해 맥주를 마셨던 그 청춘의 숱한 나날이 결국 소설로 귀결됐다.

첫 소설로부터 40여 년의 시간이 흐른 뒤 내놓은 소설집 『일인칭 단수』에도 하루키는 젊은 날, 견디기 위해 마셨던 맥주 이야기를 썼다. 소설집에 수록된 자전적 에세이에 가까운 「야쿠르트 스왈로스 시집」에서 하루키는 아버지가 세상을 떠난 날 장례를 마치고 사촌 형제 세 명과 엄청나게 맥주를 마신다. 안주도 없이 아무 말도 없이 기린 맥주를 큰 병으로 스무 병이나 쉴 새 없이. 그는 아버지의 죽음을 '견디기' 위해, 그 시간을 견디기 위해 맥주를 마셨다.

나도 어떤 시간을 '견디고' '통과하기' 위해 꽤 많은 맥주를 마셨다. 실제로는 살아남기 위한 꽤 처절한 몸부림이었다. 나는 술을 회사에서 배웠다. 학교 다닐 땐 술을 전혀 좋아하지 않았는데 신문사에 들어오고 보니 '술 실력'이 매우 중요했다. IMF 이전 한국 사회의 거품이 터지기 전, 지금은 상상도 못할 만큼 모두가 흥청망청하던 시절이었다. 돈도 넘쳤고, 사람도 넘쳐났고, 술도 넘쳐났다. 한 기수라도 높은 선배가 밥도 사고 술도 사는 게 신문사 문화였기에 아침에 출근하면 하루 종일 천 원 한 장 쓸 일이 없던 시절이었다. 오전 마감을 끝내고 나가 낮부터 밤까지 마시기도 했고, 선배와도, 취재원과도 일단 한잔 마셔야 이야기가 시작됐다. 그러니 마실 수밖에. 여기자로 버티려다 보니 무리해서 술 실력을 자랑하며 술을 마셨다. '자 내가 너보다 더 술 세지' 이런 마음이었다. 그건 꽤 효과가 있었다. 그래서 더 마셨다.

고도성장 사회답게 술도 속전속결. 빨리도 많이도 마셨다. 술에 대해 얼마나 관대했던지 맨 정신에 선배에게 이렇고 저렇고 따지면 '건방진 녀석'이 됐지만, 술에 취해 난동을 부리면 허허 웃으며 용서됐다. 지금으로선 상상도 할 수 없는, 모두가 조금은 취해 있던 이상한 알코올릭의 시대였다.

하루키가 맥주를 마시며 견딘 그 시절을 통과해 소설가가 됐다면, 나는 그 시절을 통과해 무엇이 됐을까. 글쎄, 나는 하루키가 아니니까. 그냥 지금의 내가 된 거지. 나를 다독인다.

진짜 술을 하도 마시다 보니 어느샌가 술과, 술 마시는 떠들썩한 분위기를 좋아하게 됐다. 마라토너이기도 한 하루키는 42.195킬로미터 풀코스 마라톤을 뛸 때 곧 마실 시원한 맥주를 생각하며 어려운 구간을 넘어간다고 했다. 실제로 결승선을 통과하고 나면 언제나 시원한 맥주를 한잔 마셨다. 그 순간이 가장 행복하다고 했다.

야구팬이기도 한 하루키는 열여덟 살 때부터 충실히 응원해온 야쿠르트 스왈로스의 홈구장인 진구 구장에서 불어오는 바람을 맞으면서 맥주를 마시며 경기를 보는 것을 좋아한다. 그는 1루 쪽 내야석 아니면 우익 외야석에 앉자마자 흑맥주를 마신다. 팀이 이기건 지건 상관없이 그 시간을 사랑한다고 했다. 물론 이기는 편이 더 좋지만 말이다.

역시 시간을 '견디는' 맥주보다는 좋아하는 것들과 함께 '즐기는' 맥주가 최고다. 나이가 들면서 자연스럽게 다음 날의 숙취는 더 힘들어지고, 게다가 이제 선배를 따라다니며 어떤 실수를 해도 용서받던 후배가 아니라 최고참 선배가 됐다. 그러니 이젠 맥주를 아껴서 마셔야 한다. 내가 좋아하는 일몰의 맥주를 오랫동안 마시기 위해서.

오늘이 즐거웠든 힘들었든 괴로웠든 하루 일을 마무리하고, 좋아하는 사람들과 수다를 떨며 마시는 맥주 한잔. 거품과 맥주의 비율은 2대 8이 좋다. 부드러운 거품이 올라 있는 시원한 맥주. 이 한잔은 포기할 수 없다.

하루키의 말이 맞는다.

"역시 일 마치고 마시는 맥주가 최고네요."

강 건너 불빛

해가 지고 어둠이 내리기 시작하면 하늘에 별이 반짝이듯 땅 위에서도 불이 하나둘 켜진다. 인공조명 때문에 인류는 밤과 밤하늘을 잃어버렸다지만 야경은 도시에서 살아가는 우리가 가질 수 있는 아름다운 풍경 중 하나다. 어둠이 모든 누추함을 숨겨버린 '가짜 풍경'이라 해도 깜깜한 어둠 속 무심하게 반짝이는 불빛은 무디고 사나워진 마음도 여리고 멜랑콜리하게 만든다. 어둠과 점멸하는 빛은 삶과 죽음, 존재와 상실, 의미와 덧없음이라는 삶의 두 세계를 직감적으로 느끼게 한다.

야경이 아름다운 도시들을 떠올려본다. 부다페스트, 프라하, 파리, 상하이, 홍콩……. 이들에겐 공통점이 있다. 지상의 빛을 데칼코마니처럼 비춰내고 반짝반짝 아른거리게 하는 강과 바다가 있다는 것이다. 부다페스트엔 도나우강이 있고, 프라하엔 블타바강이 있다. 파리엔 센강, 상하이엔 황푸강이 있다. 홍콩 침사추이에서 바라본 빅토리아 하버의 풍경이 아름다운 것도 빛나는 빌딩의 불빛을 황홀하게 비춰내는 바다가 있기 때문이다.

내가 살아가는 서울의 야경도 아름답다. 이곳엔 한강이 있다. 서울의 야경이 아름다운 건 밤늦게까지 일하는 야근 노동자 때문이라는 우스갯소리가 있지만 그저 우스갯소리만은 아니다. 야경의 진짜 주인은 그 속에서 살아가는 사람들이다. 그들의 삶이 그들이 켜놓은 불빛으로 반짝인다.

한강 옆에 살 땐 심심하면 한강으로 밤 산책을 나갔다. 아파트 단지에서 한강으로 이어진 통로를 걸어가 강변으로 나오면 시원한 강바람이 불었고, 강 건너 아파트와 빌딩의 불빛이 보인다. 이상하리만치 마음이 차분하고 평안해진다. 저 불빛 아래 사람들도 나처럼 먹고 일하고 사랑하고 다투고 그렇게 애쓰며 살고 있겠구나라는 아주 평범한 사실이 새삼스레 떠오르기 때문일까. 그러면 나도 그 많은 사람 중 하나라는 생각이 들면서 모두가 애틋해진다. 특히 걸리적거리는 짜증, 고민과 걱정이 있는 날, 강 건너 불빛과 불빛이 아른거리는 강물을 가만히 보고 있으면 산만 하게 쌓인 빨래를 착착 개는 것처럼 마음이 잘 접혀 그 부피가 조금은 납작해졌다.

조명을 켠 한강 다리 위로 환하게 불을 밝힌 지하철이 지나가는 풍경도 참 아름답다. 그럴 때면 언제나 환한 창으로 지하철에 탄 사람들을 보게 된다. 하루를 마치고 집으로 돌아가는구나 생각하면 누구에게나 돌아갈 곳이 있다는 건 참 좋은 일이라고, 그들의 밤이 따뜻하길 바라게 된다. 나의 밤도.

이 모든 게 1킬로미터 남짓한 한강 폭의 거리 때문이다. 강 건너 불빛이 아름다운 건 떨어져서 보기 때문이다. 강 건너편에서 보면 이쪽의 야경도 아름다울 테다. 너무 가까워 속속들이 보이면 어느 것도 완벽하게 아름다울 수 없다. 제각각의 속사정이란 조금은 누추하고 구질구질하고 아프기 마련이다. 한 시인은 "자세히 보아야 예쁘다"고 했지만, 조금 떨어져 봐야 비로소 보이는 것들도 많다. 너무 가까이 눈에 보이는 것만 따지다 보면 진짜 봐야 할 것을 놓쳐버린다. 멀리서 아름답다고 모든 게 아름다운 건 아니지만, 때론 못 본 척 눈 감아줘야 할 것들도 있다.

야경에만 거리가 필요한 건 아니다. 관계도 그렇다. 사람과 사람 사이에도 일정한 거리가 필요하다. 우리는 모두 자신의 성채를 지키는 성주다. 누가 찾아오면 열어주는 문이 다르다. 공식적으로 알고 지내는 사람에겐 가장 바깥쪽 대문만 열어줄 것이다. 지인에겐 더 안쪽 문을, 친구에겐 더 안쪽 문을, 사랑하는 사람에겐 모든 문을 열어줄 것이다.

가족은 프리패스지만 그렇다고 아무 문이나 열고 들어가선 절대 안 된다. 그 누구도 허락되지 않은 곳으로 담을 타고 들어가면 안 된다. 더 안쪽 문을 열고 싶다면 성주의 마음을 얻어야 한다. 그러니 각각의 관계에 맞추어 너무 멀지 않고 너무 가깝지도 않게, 딱 맞는 적당한 거리를 유지해야 서로 잘 지낼 수 있다. 이 적당한 거리가 언제나 참 어렵다. 하지만 성주도 바깥쪽 문만 열고 닫으면 외롭고 고독할 수밖에 없다. 우리가 누군가를 안다는 건, 딱 그 거리만큼만 아는 것이다. 더 알고 싶고 더 가까워지고 싶다면 성주 또한 사람들을 맞이하러 나가야 한다. 그 또한 다른 성의 문을 두드려야 한다.

요시다 슈이치의 소설 『동경만경』의 주인공 료스케와 미오야말로 거리를 유지하는 관계다. 둘 사이엔 1킬로미터 남짓의 도쿄만이 있다. 료스케는 도쿄만 시나가와 부두에서 컨테이너 박스 화물을 운반하는 노동자이고, 미오는 건너편 오다이바의 고층빌딩에서 일하는 6년차 대기업 직원이다. 같은 하늘 아래 살지만 전혀 다른 세계를 살아가는 사람들이다.

료스케에게 강 건너 오다이바는 금방이라도 웃음소리가 들려올 것 같은 화려한 곳이고, 미오에게 저쪽 시나가와 부두는 열심히 살아가는 사람들이 있는 곳이다. 1킬로미터의 바다를 사이에 둔 매우 다른 남녀. 이 노골적인 설정은 처음부터 우리에게 질문을 던진다. 이들은 둘 사이의 바다를 건널 것인가. 건넌다면 어떻게 건널 것인가.

평생 접점이 없을 것 같은 두 사람은 우연히 미팅사이트에서 만난다. 료스케는 가벼운 섹스를 생각하며 나갔지만 미오는 그저 모노레일을 한번 타보고 싶었을 뿐이라고 한다. 하네다 공항 출발 로비에서 만나 모노레일을 타고 종점까지 온 두 사람은 기약 없이 헤어진다. 하지만 서로에게 왠지 모르게 끌리고 모노레일에 대한 추억으로 다시 만나게 된다.

그러나 두 사람은 사랑을 믿지 않는다. 한때 모든 것을 포기하고 사랑했던 사람과 헤어진 료스케는 그 뒤로 사랑하지 않는 여자친구와 섹스만 하는 관계를 이어가던 중이었다. 미오는 엉겁결에 직속 상사와 하룻밤을 보내기도 했지만 연애와 사랑에 별다른 느낌도 관심도 없다. 그런 두 사람은 곧 서로에게 점점 더 깊이 빠져들지만 상대를 사랑한다고 생각하지 않는다.

미오는 료스케가 좋아하는 타입의 남자가 아니라, 한 번도 본 적 없는 남자이기에 빠져들었다고 믿는다. 자기가 좋아하는 것은 료스케가 아니라 그의 몸, 그와의 섹스라고 생각한다. 그다지 사랑하지 않기 때문에 오히려 그의 품에서 자유롭게 몸을 해방시킬 수 있다는 것이다. 료스케 역시 사랑은 아무리 한때 뜨겁게 타올라도 결국 지루해지고 싫증날 수밖에 없다고 여긴다. 그래서 미오의 주저하는 마음을 알면서도 개의치 않는다. 미오를 향한 자신의 사랑 역시 언젠가 곧 꺼질 것이기 때문이다.

두 사람은 사랑하면서도 사랑을 의심하고, 정작 자신의 사랑을 알지 못한다. 사랑이 두렵고, 사랑이 끝난 뒤를 앞질러 생각한다. 이들은 홀로 외롭지 않지만 상처받지 않을, 딱 그만큼의 거리를 유지하려 하지만 그게 쉽지 않다.

우리는 자기 마음의 정체를 모를 때가 아주 많다. 사랑하면서도 얼마나 사랑하는지 알지 못한다. 머리로 생각하고 이해득실을 따진다면 이미 사랑하지 않는 거라

194

지만, 지나고 난 뒤에야 알게 되는 사랑도 있다. 원래 깨달음이란 뒤늦게 찾아오는 법이다. 이 둘도 둘 사이의 거리를 좁히지 못하고 각자의 제자리로 돌아간다. 하지만 뒤늦게 마음을 깨달은 료스케는 이 거리를 건너려 한다. 용감하게 일직선으로.

해가 지고, 붉은 노을이 도쿄만을 아름답게 감싼 저녁. 료스케는 미오에게 전화를 걸어 농담처럼 묻는다.

"음, 만약에 말야, 지금 내가 바다로 뛰어들어 도쿄만을 헤엄쳐 너에게…… 미오가 있는 곳까지 간다면, 날…… 끝까지 좋아해줄 수 있겠어?"

료스케의 말에 미오는 진지하게 대답한다.

"좋아. 만약 정말로 료스케가 거기에서 여기까지 헤엄쳐 건너오면 끝까지 좋아할게."

"정말이지?"라는 료스케의 말이 도쿄만을 건너가고, "응 정말이야. 약속할게"라는 미오의 답이 다시 도쿄만을 건너간다.

"정말 약속한 거다." 료스케의 또 한 번의 확인에 미오는 말한다.

"약속!"

사랑의 순간이다. 미오는 그때 시나가와 부두 암벽에서 바다로 뛰어든 료스케가 필사적으로 도쿄만을 헤엄쳐 오는 모습을 떠올린다. 물살을 거슬러 곧장 자기가 있는 곳을 향해 온다.

료스케는 도쿄만을 건넜을까. 그 어떤 방법을 써서라도 그랬으리라 믿는다. 자신이 더 많이 상처받을 걸 알면서도, 이 사랑이 언젠가 끝날 수 있음을 알면서도 뛰어들었다. 뛰어들지 않을 수 없었다. 더 많이 사랑하는 사람이 지는 거라지만, 사랑할 수 있을 때 힘껏 사랑하는 게 결국 패자가 되지 않는 길이다.

사랑은 자기 성채의 모든 문을 열어주는 것이다. 모든 무기를 버리고 무방비 상태로 상대를 맞이하는 것이다. 가시투성이인 상대를 있는 힘껏 껴안는 것이다. 그 가시에 찔려 아플 걸 알면서도. 가시에 찔려 피를 흘리면서도 꼭 껴안는다. 그렇게 할 수 있는 건 아마 이 세상에 사랑밖에 없다. 시간이 갈수록 사랑이 위대하다는 말, 사랑이 우리를 구원한다는 말이 결코 과장이 아니라는 것을 알게 된다.

"날…… 끝까지 좋아해줄 수 있겠어?"

"끝까지 좋아할게."

미오와 료스케는 영원을 약속한다. 두 사람은 이 약속을 지킬 수 있을까. 우리가 사랑이라 부르는 것은 그저 사랑의 시작일 뿐이다. 주체할 수 없는 감정과 타오르는 열정과 황홀함은 점점 사그라들다 완전히 꺼져버릴 수도 있다. 반대로 모든 소멸의 운명을 넘어 끊임없이 사랑의 형태를 바꿔가며 점점 더 깊어지는 성숙한 사랑을 만들어갈 수도 있다. 하지만 그 사랑의 끝이 어떻든 '영원한 사랑'을 맹세하는 그 순간만큼은 영원을 경험한다. 유한한 삶이기에 그 어느 누구도 결코 알 수 없는 영원을 산다.

그래서 지금 사랑을 한다면 료스케처럼 있는 힘을 다해 힘껏 사랑할 수밖에 없다. 그것 이외에 우리가 할 수 있는 건 없다.

한밤중의
배달 음식

"돈가스덮밥 배달하러 왔어. (…) 혼자 먹기가 아까
울 정도로 맛있어서."

깜깜한 밤 미카게는 심야 택시를 타고 달려와 유이
치에게 돈가스덮밥을 내민다. 지금 이 순간을 놓치면 유
이치와는 영원히 친구로 남을 수밖에 없음을 직감한 미
카게가 벌인 한밤의 전력 질주였다.

요시모토 바나나의 1988년 데뷔작이자 그를 세계적
인기 작가로 올려놓은 연작 소설 『키친』이다. 나는 가끔
이 장면이 생각난다. 돈가스덮밥으로 전하는 사랑 고백.

그 몇 시간 전 요리 어시스턴트인 미카게는 출장 간 이즈에서 밤늦게 일을 끝내고 불 켜진 국수집에 들어가 돈가스덮밥을 시킬 때만 해도 자신이 이런 일을 벌일 줄 몰랐다. 사랑에 대해서는 늘 솔직한 미카게지만 유이치와는 아주 오랜 시간 조금씩조금씩 관계를 쌓아가야겠다고 생각하고 있었다. 하지만 고슬고슬한 밥, 흠잡을 데 없는 고기, 맛있는 소스, 적당하게 익힌 양파와 달걀. 너무 완벽하게 맛있어 행복한 순간 미카게는 유이치를 떠올린다. 그를 놓치고 싶지 않았다. 무엇보다 그가 보고 싶었다.

누군가를 사랑하면, 그는 우리의 하루 스물네 시간 내내 모든 곳에 존재감을 드러낸다. 실제로 같이 없어도 함께 먹고 보고 듣고 걸으며 이야기를 나눈다. '사랑'은 세상 가장 좋은 것을 나누고 싶은 마음이다. 사람은 참 이기적이고 보기보다 욕심이 많아서 가장 좋은 것을 나누는 게 말처럼 쉽지 않다. 하지만 사랑하는 사람과는 함께하고 싶다. 맛있는 것을 먹으면 같이 먹고 싶고, 아름다운 풍경 앞에선 이 아름다운 광경을 보여주지 못해 아섭다. 그래서 미카게는 돈가스덮밥을 포장해 백팩에 메고 택시를 잡아탄다. I시 산속 료칸에 머물고 있는 유이치를 향해서.

온몸이 꽁꽁 얼어붙을 듯이 추운 밤이었다. 시간이 너무 늦어 료칸의 모든 문은 닫혔다. 미카게는 빗물받이를 잡고 지붕으로 올라가 긁히고 물웅덩이에 빠지고 넘어지는 작지 않은 '모험' 끝에 유이치의 창문을 두드린다. 어리둥절해하는 유이치 앞에 섰을 때, 미카게의 뺨은 아마 빨갛게 달아올랐을 것 같다. 추운 바깥과 따뜻한 방의 격렬한 온도 차이로, 그리고 '무엇을 해야 할지 모른다면 지금 할 수 있는 것을 할 뿐'이라는 마음 하나로 무작정 달려와 보니 낯선 밤, 낯선 곳, 낯선 료칸에서 좋아하는 남자 앞에 서 있다는 사실을 확인하는 순간에 오르는 열기 때문이다. 약간 부끄럽지만 꽤 결연하고, 그러면서도 그리운 얼굴을 보고 느끼는 깊은 안도감이 뒤얽힌 복잡한 마음의 뜨거운 열기로 말이다.

미카게가 "조금이라도 따뜻할 때 먹어봐"라고 내민 돈가스덮밥은 여전히 따뜻했을까. 미카게가 출장 간 이즈와 유이치가 머문 I시와의 거리를 알지 못하니 돈가스덮밥이 얼마나 따뜻했을지 가늠할 수 없다. 하지만 그날의 맹렬한 추위 속에 조금 식었더라도 유이치에게 돈가스덮밥은 세상 어떤 음식보다 따뜻했을 것이다. 형광등은 파랗게 내리비치고, 텔레비전 소리는 낮게 흐르는, 세상과 멀리 떨어진 그곳에서 유이치는 미카게가 내민 돈가스덮밥을 먹고, 미카게는 유이치가 건넨 따뜻한 차 한 잔을 마셨다.

『키친』은 여성의 노동 공간이자 그 이전까지 비공식적인 허드렛일의 장소였던 부엌을 따뜻한 위로의 공간으로 만들어 화제를 모은 작품이다. 지금이야 요리와 음식, 셰프가 주인공인 이야기들이 넘쳐나 인기 있는 영역이 됐지만 부엌이 위로의 공간이 된 건 얼마 되지 않았다. 맨부커상을 수상한 영국의 대표 작가 줄리언 반스도 어려서 부엌은 투표소, 부부의 침대, 예배당에 이어 네 번째로 비밀스러운 장소였다고 했다. 때가 되면 어머니가 부엌에서 음식을 갖고 나왔지만 도대체 재료가 어떻게 음식이 되는지 알 수 없었고, 또 알려 하지도 않았다. 하지만 그는 중년이 되어 부인을 위해 낯선 부엌에 들어가 요리를 배운다. 백 권이 넘는 요리책을 탐독하고 레시피와 고군분투하며 음식을 만든 끝에 결국 그는 이런 말을 했다.

성실한 요리는 평온한 마음, 상냥한 생각, 그리고 이웃의 결점을 너그럽게 보는 태도를 은밀히 증진시키는 효과가 있다. 그렇기 때문에 요리는 우리에게 경의를 요구할 자격이 있다.

– 줄리언 반스, 『또 이따위 레시피라니』

『키친』은 이 성실한 요리를 만들고 함께 먹으며 상처를 치유해가는 이야기다. 줄리언 반스의 말처럼 경의를 받을 자격이 있는 요리다.

유일한 가족인 할머니가 세상을 떠나자 대학생 미카게는 홀로 남게 된다. 그때 할머니의 단골 꽃집 아르바이트생이었던 유이치는 미카게에게 괜찮아질 때까지 자기 집에서 같이 지내자고 말한다. 엄마를 떠나보낸 적이 있는 유이치는 미카게가 얼마나 아플지 알았다. 유이치에게는 트랜스젠더인 아빠 에리코가 있다. 그는 부인이 세상을 떠난 뒤 더 이상 남자일 필요가 없다며 성전환수술을 했다. 미카게가 제안을 받아들이면서 남들 눈에 이상해 보이는 세 사람의 동거가 시작된다. 누군가를 잃어버린 아픔과 밀려난 존재의 외로움을 아는 상처받은 세 사람이었다.

이들을 웃게 만든 것이 미카게의 요리였다. 이불을 둘둘 말아 부엌 냉장고 아래에서 잠을 자는 미카게는 부엌에서 끊임없이 음식을 만들어 함께 먹는다. 굽고, 조리고, 찌고, 튀기고…… 그렇게 6개월이 지난 뒤, 미카게는 유명 요리사의 어시스턴트가 되어 집을 나간다. 그렇게 하루하루가 지나가던 어느 날, 이번에는 에리코가 세상을 떠나면서 유이치가 혼자 남는다. 세상 기댈 곳 없는 이들은 다시 만나 유이치 집에서 샐러드, 파이, 스튜, 고로케, 두부, 나물, 당면으로 속을 넣은 만두, 닭살 무침, 탕수육, 찐만두를 만들어 먹는다.

유이치는 "왜 너랑 밥을 먹으면, 이렇게 맛있는 거지"

하며 계속 있어달라고 말한다. 미카게는 '유이치가 있으면 그 외에는 아무것도 필요 없다'는 생각에 스스로 깜짝 놀라지만 두 사람 중 누구도 마음을 고백하지 않는다. 미카게가 세상에서 가장 맛있는 돈가스덮밥을 먹기 전까지.

그날은 미카게가 요리사의 어시스턴트로 출장을 떠나고, 유이치는 아빠의 죽음으로부터 마음을 정리하기 위해 여행을 떠난 날이었다.

한밤중 느닷없는 돈가스덮밥에 유이치는 어떤 마음이었을까? 아빠의 죽음이라는 어둠과 자신의 악몽에 미카게를 끌어들이고 싶지 않아 마음을 정리하려던 유이치를 세상 밖으로, 미카게 앞으로 끌어낸 덮밥이다.

나도 한밤중 배달 음식에 대한 기억이 있다. 작은 시골 소도시에서 살았던 어린 시절, 퇴근하는 아빠 손에 들려 있던 음식이나 군것질거리들이다. 엄마와 딸들을 참 사랑했던 살뜰한 아빠는 밖에서 저녁 약속이 있는 날이면 집으로 돌아올 때 언제나 뭔가를 들고 왔다. 그날 저녁을 먹은 식당의 별미일 때도 있고, 집으로 오는 길에

산 빵이나 과자일 때도 있었지만 가장 자주 사 온 것은 치킨이었다. 전기구이 통닭에서 출발해 프라이드치킨과 양념치킨까지, 치킨의 시대적 트렌드를 아빠가 들고 온 야식 치킨으로 알았다.

지금이야 먹을 것이 넘쳐나고, 터치 몇 번으로 모든 게 눈 깜짝할 사이 배달되는 시대지만 그땐 모든 것이 부족하고 느렸다. 한밤의 야식은 너무나 소중했다. 어둠이 내리고 깜깜해진 뒤 뭐라도 사려면 조금은 멀리까지 나가야 했던 어린 시절, 심심하던 차에 아빠의 손에 뭐라도 들려 있으면 얼마나 좋았는지 몰랐다.

가끔 시간이 너무 늦거나 아빠가 술에 취해 들어온 날엔 자는 척을 하기도 했다. 그러면 아빠는 우리를 깨웠고, 엄마는 그런 아빠를 말렸다. 때론 치킨이 뭐라고 그걸 못 먹여서 안타까워하는 아빠를 보다 못해 그냥 일어나 먹기도 했다. 딸 셋과 엄마 앞에 치킨을 펼쳐놓고, 우리가 먹는 것을 보면서 아빠는 계속 물었다. "맛있나, 맛있나"라고. "네. 아빠 진짜 맛있었어요."

지금도 치킨은 가장 좋아하는 음식이다. 언제 먹어

도 질리지도 않고 맛있다. 사람은 어린 시절 먹었던 것들을 좋아하기 마련이다. 세상에서 제일 맛있는 음식은 '아는 맛'이라는 말처럼 몸과 마음이 기억하고 있는 음식이 제일 맛있다. 그래서 한동안 안 먹으면 생각이 난다. '아 치킨 먹고 싶다'고.

『키친』의 미카게는 세워둔 택시를 타고 돌아가기 위해 서둘러 일어나며 돈가스덮밥을 먹고 있는 유이치에게 이렇게 말한다.

"앞으로 나와 함께 있으면 괴로운 일이며, 성가신 일, 지저분한 일도 보게 될지 모르지만, 만약 유이치만 좋다면, 둘이서 더 힘들고 더 밝은 곳으로 가자."

늦은 밤 돈가스덮밥에 전한 마음이었다.

아빠가 사 들고 온 야식이 전한 마음을 생각해본다. 잘 자라기를, 건강하기를, 행복하기를, 이런 바람이었겠지. 그 바람을 먹고 자랐다. 아빠가 가져온 온갖 군것질거리들, 그것을 아빠 엄마와 언니, 동생과 함께 먹었던 시간들이 지금의 나를 만들었다. 그 치킨 한 조각이 아침에 일어나 일하고 딸을 낳아 키우고, 때론 지치고 낙담해도 또 툭툭 털고 일어나 나의 길을 가게 했다. 나만의 삶을 살아가게 한 힘이었다.

오래전 1997년 말, 도쿄의 한 호텔에서 요시모토 바나나를 만나 인터뷰를 한 적이 있다. 확인할 길은 없지만 아마도 국내 첫 바나나 인터뷰가 아니었나 싶다. 바나나의 작품이 본격적으로 소개되기도 전이었다. 독자들은 물론이고 젊은 작가들에게 엄청난 영향을 끼친 무라카미 하루키 신드롬이 거세게 불면서 그다음 주자는 누구냐는 물음에 바나나가 거론되던 때였다.

국제부 초짜 기자였던 나는 30년간의 호황기를 마치고 소위 '잃어버린 세대'로 접어든 일본을 다시 보자며 마련된 대형 기획 '신일본' 시리즈 중 일본 문화 부문을 맡아 일본에서 2주 정도 취재를 했다. 그때 회사에 취재 보고를 하려고 전화를 걸었다가 후배로부터 침통한 목소리로 우리나라가 IMF에 구제 금융을 공식 요청했다는 소식을 들었다. 전화를 끊고 취재를 함께 온 또 다른 후배와 그럼 우리 망한 거냐고, 취재고 뭐고 정리하고 빨리 들어가야 하는 거 아니냐고 했던 기억이 난다. 글을 쓰다 문득 그때 생각이 떠올라 기사를 찾았다. 인터넷이 없던 시절이라, 회사 자료실을 뒤져 스크랩북으로 정리된 기사를 찾았다.

기사를 보니 내가 바나나에게 이런 질문을 했다.

"『키친』에서 무엇을 표현하고 싶었나요?"

바나나는 답했다.

"내 소설에서 가족은 비정상적이고 주인공은 자기 역할을 하지 못합니다. 자신의 역할을 못 하는 사람들이 나의 관심입니다. 이는 내 문제이기도 하죠. 딸로서 작가로서 사회 구성원으로서 내 역할에 불안을 느낍니다."

바나나나 미카게, 유이치, 에리코뿐 아니다. 사람들은 대부분 비정상이다. 누구나 한 조각 정도의 비정상을 갖고 있다. 정상이라면 아주 평균적이라는 말과 이웃사촌 정도 될 텐데, 더없이 정상적인 사람도 한 방울 정도는 평균적이지 않다. 평범한 직장인이지만 뛰어난 미각을 지닌 미식가일 수도 있고, 모범적인 공무원이 주말이면 스릴 넘치는 익스트림 스포츠를 즐기기도 한다. 만사에 큰 불만 없어 보이는 친구가 청결 강박에 괴로워할 수도, 일 잘하는 옆자리 동료가 실은 콤플렉스 덩어리일 수도 있다. 사람의 마음이나 욕망을 들여다보면 더 그렇다. 우리는 모두 평범하지만 동시에 하나같이 특별하고, 특이하고, 조금씩 이상하다.

제 역할을 해내는 것이 쉬운 사람도 없다. 제대로 안 할 때도 있고, 못할 때는 더 많고, 버거울 때는 아주 많다. 그런 사람들이야말로 아주 평범한 사람들이다.

그런 평범한 사람들은 『키친』처럼 서로서로 나누는 위로가 필요하다. 각자 자기만의 슬픔과 고통, 상실을 안고 있지만 이해하고 보듬어주며 그래도 자기 삶을 살아가도록 기다려 주고 응원해줘야 한다. 맛있는 음식을 함께 먹으면서.

아무리 추워도 따뜻했던 그 밤의 야식을 기억한다. 늦은 밤, 맛있는 음식을 펼쳐놓고 함께 먹었던 시간에 대한 기억들. 사소하지만 온 삶을 관통하는 아주 굉장한 기쁨이다. 그 기쁨의 힘으로 지금 이 글을 쓴다.

아픈 날의
새우젓죽

아플 때 엄마는 늘 새우젓죽을 만들어주셨다. 짭조름한 새우젓으로 간을 한 흰죽. 다른 재료는 아무것도 넣지 않아 하얀 죽에 깨알보다 작은 새우의 까만 눈만 콕콕 박혀 있었다. 새우젓죽에는 항상 참기름과 깨를 뿌린 맛간장이 따라왔다. 엄마가 "아파도 조금이라도 먹어야 약을 먹지"라며 맛간장을 조금 떠 죽 위에 살짝 뿌리면 간장이 삭 퍼져 아래로 스며들었다. 그 부분을 떠서 입안에 넣었다.

엄마는 배 아플 때 새우젓죽이 특효약이라고 했는

데, 나중에 새우젓이 진짜 소화기 염증 치료에 탁월한 효과가 있다는 사실을 알게 됐다. 그래선지 아무것도 먹지 못할 것 같은 날에도 새우젓죽만은 몇 숟가락 뜰 수 있었다. 닭, 전복, 인삼까지 몸에 좋다는 것은 일단 다 넣고 보는 요즘의 화려한 보신죽과는 정반대인, 단정하고 깔끔하고 소박한 죽이다. 남편은 늘 "참 촌스러운 입맛"이라고 놀리지만, 나에게 새우젓죽은 더 보탤 것도 뺄 것도 없는 완벽한 맛이다.

음식 솜씨 좋은 엄마는 우리 세 딸을 위해 무수한 음식을 끓이고 삶고 찌고 굽고 튀겨냈다. 그래도 나에게 엄마의 시그니처 메뉴는 여전히 새우젓죽이다.

음식은 맛만큼이나 마음으로 먹고 기억으로 먹는다. 엄마가 어서 빨리 나으라고 어린 나의 등을 어루만지며 걱정스러운 눈빛으로 먹는 것을 바라보던 순간들이 나를 지켜줬다. 학교를 졸업하고 취직해 일하느라, 노느라 바쁘게 돌아다니다가도 아프면 쪼르륵 엄마 옆에 와서 엄마가 끓여준 새우젓죽을 먹었다.

사랑받고 있다는 확인. 남녀노소 할 것 없이 우리는 누구나 늘 사랑이 고프다. 특히 아프고 힘들 땐 혼자가 두려워진다. 대신 아파줄 순 없어도 그저 옆에서 얼마나 아픈지 안다고 말해주고, 뭐라도 해주고 싶어 하는 마음에서 힘을 얻는다. 사랑하는 사람이 나를 위해 만들어준 한 그릇의 음식이 몸과 마음을 데우는 따뜻한 화력이 된다.

그래서 우리는 누군가 힘들어할 때면 이렇게 말한다.

"자, 일단 맛있는 거 먹자."

천명관의 소설 『고령화 가족』에서도 엄마는 실패에 실패를 거듭한 초라한 50대 영화감독 아들에게 아무 말 없이 닭죽을 내어준다.

"닭죽 쑤어놨는데 먹으러 올래?"라고.

아들은 엄마가 내민 손을 슬쩍 잡고 엄마 집으로 기어들어 간다. 그 집에는 이미 백수인 큰형과 두 번 이혼하고 본가로 돌아온 여동생이 있다. 마음이 아프고 그래서 더 화가 나기도 할 텐데, 엄마는 아무 말도 하지 않고 세 남매에게 보글보글 된장찌개에 매일 고기반찬 가득한 밥상을 차려준다. 일단 밥 먹고 힘내서 다시 세상으로 나가보자는 이야기이다. 그냥 밥이 아니라 애틋한 마음이다.

라우라 에스키벨의 소설 『달콤 쌉싸름한 초콜릿』에는 이런 말이 나온다.

"수프는 몸의 병이건 마음의 병이건 뭐든지 다 고칠 수 있다."

『달콤 쌉싸름한 초콜릿』은 사랑을 매개로 한 요리 이야기이고 요리로 풀어낸 사랑 이야기다. 소설에 나오는 음식들엔 마음과 감정, 욕망이 가득해 때론 넘쳐흐른다. 여기서 음식은 그저 우리 몸을 살찌우는 영양소가 아니라 영혼을 달래고 때론 억눌린 욕망을 끌어올려 폭발시키는 신비한 예술이다.

이 때문에 『달콤 쌉싸름한 초콜릿』은 1989년 발표 당시 남성 중심 문학에서 소외된 부엌과 음식을 전면에 부각시켜 '요리 문학'이라는 페미니즘 문학의 새 장르를 만들었다는 평가를 받았었다. 다시 읽어보니 곳곳에 '너무 남성 중심적이잖아'라는 말이 나오는 유감스러운 부분이 있긴 하지만 지난 시대의 한계를 지금의 잣대로 재단해 의미를 깎아내리는 것 또한 유감스러운 일일 것이다.

주인공 티타의 요람은 부엌이다. 그녀는 부엌에서 자랐다. 태어난 지 이틀 만에 아버지가 돌아가시자 어머니 마마 엘레나는 그 충격과 이제 자신이 농장을 맡아야 한다는 부담감에 젖이 말라버렸다. 그때부터 티타는 부엌에서 요리사 나차가 만든 아톨레(옥수수 가루와 계피, 바닐라 씨를 넣고 걸쭉하게 끓인 수프)와 차를 마시고 자란다. 티타는 대대로 전해지는 가족의 요리 비법을 전수받은 마지막 계승자로, 가족의 요리를 도맡아 하는 요리사가 된다.

그런 티타에게 첫사랑 페드로가 찾아온다. 페드로는 티타와의 결혼을 허락해달라고 하지만 마마 엘레나는 가족의 전통을 내세우며 거절한다. 막내딸은 죽을 때까지 어머니를 돌봐야 한다는 것이다. 대신 언니 로사우라라면 결혼해도 된다는 말도 안 되는 제안을 한다. 티타를 향한 사랑에 정신이 나간 페드로는 티타와 결혼할 수 없다면 평생 가까이에서 그녀를 보겠다며 제안을 받아들인다. 결혼식 날 페드로는 티타에게 다가가 이 결혼으로 평생 당신 곁에 있게 됐다고, 자신이 그토록 바라던 것을 이루게 됐다고 말도 안 되는 사랑 고백을 한다. 이들의 길고 긴 사랑의 또 다른 시작이었다.

이 순간 티타의 마음을 말해주는 게 눈물의 웨딩케이크다. 사랑하는 사람을 떠나보내는 것도 모자라 결혼식 피로연까지 준비해야 했던 티타는 울면서 웨딩케이크를 만든다. 티타의 눈물은 그녀의 슬픔과 함께 케이크 반죽에 흘러들었다. 그렇게 만들어진 눈물맛 케이크를 먹는 순간 모두가 이루 말할 수 없는 그리움에 휩싸이고, 감정과 복받쳐 오르는 슬픔을 주체하지 못한다. 결국 결혼식장은 온통 울음바다가 된다. 부엌에서 티타를 키우고 가르친 요리사 나차도 웨딩케이크 한 입에 이루지 못한 사랑을 기억하게 되고, 그리움과 슬픔에 빠진 끝에 그날 숨을 거둔다.

마음이 넘치도록 들어가는 티타의 요리는 계속된다. 하지만 어느 날 티타는 요리법을 잊어버린다. 사랑을 잃어버린 뒤 몸이 약한 언니를 대신해 온 마음을 다해 키웠던 페드로의 어린 아들 로베르토가 세상을 떠났기 때문이다. 아이를 낳아 아빠가 된 후에도 페드로가 끊임없이 티타에게 뜨거운 눈빛을 보내고 둘이 손만 스쳐도 찌릿찌릿하는 에로틱한 흥분을 느끼는 것을 알아챈 마마 엘레나는 이들 가족을 머나먼 곳으로 보내버린다. 그곳에서 어린 로베르트가 병을 앓다 세상을 떠나자 티타는 삶의 모든 끈을 모두 놓아버린다. 말을 잊고, 감각을 잊어버리고, 음식 만드는 법까지 잊어버린다.

티타를 살려낸 건 영혼의 수프였다. 친구 같은 요리사 첸차가 만든 소꼬리 수프를 한 입 떠 삼키자 그리운 나차가 곁으로 다가왔다. 나차는 어린 시절 티타가 아팠을 때처럼 수프를 먹는 동안 티타의 머리를 쓰다듬으며 이마에 뽀뽀를 해준다. 순간 어렸을 때 부엌에서 하던 놀이, 시장에 갔던 추억, 막 만든 따끈따끈한 토르티야, 색색가지 살구씨, 크리스마스 파이, 우유 끓는 냄새, 생크림 빵, 초콜릿, 마늘, 양파 냄새와 함께 모든 기억이 한꺼번에 몰려온다. 나차와 함께 소꼬리 수프를 만들던 때가 떠오르며 티타의 눈에서 눈물이 쏟아진다.

티타는 마침내 요리법을 기억해낸다. 처음 양파 써는 법이 생각나자 모든 것이 자연스럽게 떠올랐다. 양파와 마늘은 잘게 다져 기름을 약간 두르고 볶는다. 양파가 익어 투명해지면 감자, 콩, 토마토 썬 것을 넣고 익을 때까지 볶아준다. 온갖 약을 쓰고도 이뤄내지 못한 일을 소꼬리 수프가 해냈다. 요리는 기억이다.

딸이 아플 때면 나도 기억의 음식 새우젓죽을 끓인다. 엄마의 새우젓죽 맛을 흉내 내 엄마가 해준 그대로 만든다. 세상이 바뀌었으니 좀 풍성한 맛을 내볼까라는 생각에 다른 재료를 넣어 다양하게 만들어도 봤지만 역시 담백한 새우젓죽이 최고다. 기억의 맛이 최고의 맛이다. 이렇게 해서 세상의 음식들은 시간을 넘어 남는 것 같다. 사랑의 흔적 같은 것이다.

딸도 절대 다른 것은 넣지 말라고 한다. 오로지 새우젓만으로 맛을 낸 하얀 죽을 좋아한다. 그래야 속이 편하다고. 아주 단순한 맛의 하얀 죽을. 그러면 나도 딸 옆에 앉아, 맛간장을 떠주며 "한 숟가락이라도 먹어. 그래야 약을 먹지"라고 이야기를 하며 딸이 먹는 것을 가만히 본다. 나의 기억과 추억이 딸에게 이어지는 순간이다.

딸도 시간이 훨씬 지난 뒤 이 순간을 기억할까. 이 맛을 기억할까. 기억해줬으면 좋겠다. 그래야 이 세상에 엄마에 대한 기억이 사라지지 않고 남는 거니까.

휴식의 시간,
밤

오래전 낮의 끝에 밤이 오는 이유를 알지 못했던 '과학 이전의 시대'에 밤은 마녀와 정령들이 날뛰는 시간이었다. 밤의 어둠은 인간이 저지른 죄에 대한 신의 벌이었고 밤하늘에 반짝이는 별은 그 벌의 증표였다. 하지만 밤이 지구가 남북 축을 중심으로 회전하면서 생기는 그림자라는 사실이 밝혀지면서 밤은 마녀들의 손에서 놓여나 자유를 찾았다. 밤은 이제 수고로운 노동을 끝낸 뒤 맞는 휴식과 쉼의 시간이다. 늦게 일을 끝내고 돌아갈 때, 밤에 감사한다.

밤은 어제에서 내일로 이어지는 무한한 시간에 강제로 마침표를 찍어 하루를 우리가 감당할 수 있을 만큼의 유한한 시간으로 만들어준다. 밤이 없이 무한히 낮만 계속된다며 우리는 시간 감각을 잃어버리고 시간의 미아가 됐을 것이다. 어쩌면 오래전 탈진해 쓰러졌을지 모른다. 오늘 하루가 마음에 안 들어도 하루의 끝이 있기에 내일을 기약할 수 있다.

이 고마운 밤이 우리에게 주는 더 고마운 선물이 잠이다. 날이 저물고 어두워지면 우리 뇌에서 수면 호르몬으로 불리는 멜라토닌이 분비된다. 그러면 피로감이 높아지고 체온이 떨어지면서 잠에 빠져들게 된다. 멜라토닌은 낮과 밤의 리듬을 관장한다. 잠의 신 힙노스가 신들의 신 제우스를 잠재웠듯 잠 앞에선 모두가 백기 투항이다. 우리는 자는 동안엔 아무것도 할 수 없다. 아무리 바쁜 멀티태스킹 귀재도 그저 잘 뿐이다.

잠을 다룬 책에서 우리가 밤에 느끼는 공포 목록을 본 적이 있다. 몇 개를 옮겨본다.

클리노포비아Clinophobia : 잠자리에 드는 것에 대한 공포증

히프노포비아hypnophobia , 솜니포비아Somniphobia : 수면
  공포증

인솜니포비아Insomniphobia : 불면 공포증

녹티포비아Noctiphobia : 어둠 공포증

오네이로포비아Oneirophobia : 꿈 공포증

옵토포비아Optophobia : 눈뜨는 것에 대한 공포증

시데로포비아Siderophobia : 별 공포증

이런 다양한 공포증만 봐도 사람들에게 어둠과 밤
이 얼마나 공포였는지 알 수 있다. 공포는 지구상에 인간
이 등장한 이래 가장 먼저 생긴 감정이었다. 등불이 없던
그 오랜 시간, 밤과 어둠이 얼마나 무서웠을지 우리로선
짐작조차 못 할지 모른다. 전깃불이 없던 시대엔 해가 뜰
때 깨고, 해가 지면 잠자리에 들었다. 겨울에 길게 자고
여름에 일찍 깼다. 밤이 너무 길어 중간에 일어나 기도
를 드리고 명상을 한 뒤 다시 잠자리에 들기도 했다. 이
젠 태양과 상관없이 사계절 내내 출근 시간 알람이 우리

를 깨운다. 지금은 오히려 밤이 너무 밝아 괴롭다. 세상은 24시간 돌아가고, 이제 우리가 가장 두려워하는 밤의 공포는 불면의 공포다.

21세기의 많은 현대인들이 잠을 자기 위해 멜라토닌을 먹고 수면제를 처방받지만 20세기의 역사학자 토니 주트는 불면의 밤, 글을 썼다. 흔한 글쓰기는 아니었다. 그는 운동신경 세포가 손상되는 루게릭병으로 목과 머리를 제외한 온몸을 움직일 수 없었다. 잠들지 못하는 숱한 밤, 정신은 더없이 예민했지만 몸은 뒤척일 수도 없으니 꼼짝없이 누워 있어야 했다. 그런 밤이면 그는 자기 삶을 돌아보며 머릿속으로 글을 썼다. 그가 쓴 기억법은 중세 기억술사들이 사용한 '기억의 집'인데, 머릿속에 거대한 궁전을 지은 뒤 보고 들은 것을 분류해 궁전 곳곳에 넣는 방법이다. 나중에 궁전을 떠올리면 기억들이 생생히 다시 떠오른다고 한다.

그는 화려한 기억의 궁전 대신 1950년대 말에 가족과 함께 겨울 휴가를 보낸 스위스의 통나무집을 머릿속으로 가져왔다. 집 곳곳 바와 식당, 라운지, 뻐꾸기시계에 밤새 떠올린 기억들과 생각들을 차곡차곡 채웠다. 그리고 다음 날 그 통나무집을 돌아보며 기억을 되살려 다른 사람에게 받아 적게 했다. 이 글들은 《뉴욕 리뷰 오브 북스》에 연재됐고 그가 세상을 떠난 뒤 『기억의 집』이라는 책으로 묶여 나왔다.

토니 주트가 불면의 밤, 자신과 세계를 돌아보고 글을 쓰며 견뎠다면, 누군가는 외로운 밤을 함께할 친구를 찾아 나선다. 콜로라도의 가상 마을 홀트에 사는 70대 여성 애디 무어가 그랬다. 그에게 잠들지 않는 불면의 밤이 더 힘들었던 이유는, 누구나 그렇듯 홀로 깨어 있기 때문이었다.

남편과 사별하고 홀로 살아가는 애디는 이 긴 밤을 견딜 수 없었다. 어느 날 그는 용기를 내서 역시 아내와 사별한 이웃 루이스를 찾아간다. 평범한 사람들의 인생을 그대로 관찰하는 것을 좋아했던 미국 소설가 켄트 하루프의 유작 『밤에 우리 영혼은』의 첫 장면이다. 애디는 루이스에게 이상한 제안을 한다.

"일종의 프러포즈랄까. (…) 결혼은 아니고요. (…) 하지만 약간 결혼 비슷한 것이긴 해요. 그런데 말을 할 수 있을지 모르겠어요. 겁이 나네요. (…) 가끔 나하고 자러 우리 집에 올 생각이 있는지 궁금해요."

깜짝 놀란 루이스에게 그는 섹스를 하자는 말이 아니라고 설명한다. 그저 함께 누워 이야기를 나누면서 잠을 잤으면 좋겠다는 것이다. 혼자 밤을 견디기 너무 힘들어 누군가 옆에 있었으면 좋겠다고 했다. 긴 밤을 홀로 보내기 힘든 건 루이스도 마찬가지였다. 루이스는 애디의 제안을 받아들이고, 이들은 함께 밤을 보낸다.

처음엔 어색했던 두 사람은 조금씩 가까워지며 젊었을 때 뭐가 되고 싶었는지 오랜 꿈을 이야기하고 누구에게도 말할 수 없었던 비밀도 털어놓는다. 루이스는 자신의 불륜에 대해 이야기하고, 애디는 딸을 잃은 사고 이후로 남편과 사이가 어떻게 멀어졌는지를 말한다. 그들은 침대에 나란히 누워 일흔이 넘도록 누구에게도 하지 못한 많은 이야기를 나누며 어느새 잠이 든다.

이들의 밤은 하루 끝에 찾아오는 밤이기도 하지만

긴 인생의 끝에 맞이하는 삶의 밤이기도 하다. 그 밤에 이들은 흔쾌히 자기 옆자리를 내주어 함께 이야기하고 이해하며 밤을 건너간다. 이게 사랑이 아니면 무엇일까.

하지만 『내 휴식과 이완의 해』의 주인공인 26세의 뉴요커는 자기 삶을 견딜 수 없어 잠으로 도망가 버린다. 그냥 보통 잠이 아니라 동물의 겨울잠에 비견될 만한 동면이다.

부모의 유산을 상속받아 가만히 앉아 있어도 돈 걱정 없고, 명문대를 졸업한 금발의 미녀인 주인공. 겉으로 보기엔 뭐 하나 부족할 것 없어 보이지만 그의 내면은 텅 비었다. 생전에 존경받는 교수였던 아버지는 딸에게 한 번도 제대로 된 사랑을 주지 않았고, 이기적인 엄마는 술과 약에 취해 살다 세상을 떠났다. 유일한 친구는 언제나 잔소리를 늘어놓으면서도 은근히 그를 질투하고, 남자친구는 불쾌하고 일방적인 성행위를 요구하지만 그는 거절하지 못한다. 오히려 결별을 선언한 남자에게 매달린다.

그에게 세상은 모두 쓰레기다. 사람들이 다 싫고 젠체하는 인간들은 우습기만 하다. 허무와 냉소로 지금 당장 죽어도 별로 아쉬운 게 없을 것 같은 그는 1년간 동면을 결심한다. 세탁, 음식 배달 등 일상의 자잘한 일은 미리미리 다 처리해놓고 약물의 도움을 받아 종일 자고, 하루에 두세 시간만 깨어난다. 그러다 마지막 몇 개월은 아예 3일 자고 잠깐 깨어나 간단히 먹고, 가벼운 스트레칭을 한 뒤 다시 자는 사이클로 들어간다. 그는 이 시간은 '휴식과 이완의 해'라고 부른다.

드디어 2011년 6월 1일, 1년간의 동면을 마치고 깨어난다. 그는 일상을 찾아간다. 이 잠의 시간을 통해 깊은 위안을 얻었다고 한다.

"고통만이 성장의 유일한 기준은 아니다. 잠이 효과가 있었다. 부드럽고 차분한 기분이 들었고 감정도 살아났다. 좋은 일이다. 이제 이건 내 삶이다. (…) 이제는 떨치고 나아갈 수 있다."

약물의 도움으로 1년 내내 잔다는 설정이 말도 안되지만 그의 잠은 자신의 이전 삶을 정리하고 새로운 길을 찾아가기 위한 일종의 상징적 통과의례다. 현대인의 심리적 고통과 정신적 문제는 그저 하룻밤이 아니라 1년 동면 정도는 해야 할 만큼 긴 시간의 휴식이 필요하다는 이야기이기도 하다. 그는 긴 동면에서 깨어나 새로운 길을 찾을 수 있을까. 제대로 살아낼 수 있을까.

소설은 주인공이 잠에서 깨어나 몇 달 뒤인 9월 11일, 9·11 테러의 한 장면을 쳐다보는 것으로 마무리된다. 잠으로 도피한 그가 마주한 현실은 잠들기 전보다 더한 악몽이 됐다. 그는 이제 그 현실을 똑바로 볼 수 있을까.

소설의 주인공처럼 잠으로 도피하고 싶은 때가 있다. 때론 도망쳐버린다. 하지만 자고 나도 현실은 그대로다. 잠뿐이 아니다. 어디든 도피처는 없다. 그래도 잠은 여러모로 마법의 묘약이다. 몇 가지를 꼽아보자. 잠을 자는 동안 성장 호르몬이 왕성하게 나온다. 면역계는 활성화되고 에너지를 절약한다. 기억은 잘 정리돼 조직화되고 학습한 내용은 장기기억으로 저장된다. 뇌 신경세포 사이에 낀 찌꺼기 잔류물들도 제거된다.

잠잘 때 제거되는 물질 중에 알츠하이머나 치매를 일으키는 데 일조하는 플라크 같은 것도 있다. 낮 동안 너무 많은 일을 하여 회복이 필요한 뇌 부위의 시냅스는 끊어져 쉰다. 우리가 자는 동안에도 뇌는 쉬지 않고 열심히 우리 머리를 깨끗하게 청소해주는 것이다.

그래서인지 자고 나면 어젯밤의 고민들이 조금 정리되고, 반대로 별것 아닌 줄 알았던 일이 중요하다는 것을 알게 된다. 훨씬 더 현명한 판단과 선택을 하게 된다.

내가 오래 일을 할 수 있었던 원동력은 아마 잠이었을 것이다. 잠에 대해서라면 큰 걱정 없는 집안 내력 덕분이다. 퇴근해 집에 발을 들여놓는 순간, 피곤이 한꺼번에 몰려든다. 퇴근과 잠 사이, 나의 저녁 시간은 좀 짧다. 아무리 재미있어도 아주 늦은 밤 드라마는 볼 수 없다. 다시 보기가 가능한 OTT가 얼마나 고마운지 모른다.

하지만 누구에게나 잠 못 이루는 불면의 밤이 있다. 한밤중 깨어 잠들지 못하고 뒤척인 날들도 있다. 고민이 정신을 깨우지만 밤은 고민에 좋은 시간이 아니다. 밤은 사람을 감상적으로 만들기 때문이다. 어둠과 적막한 고요, 홀로 깨어 있는 외로움까지 고민을 아래로 끌어내려 더 크고 묵직하게 만든다. 잊었던 기억까지 다 끌어오기도 한다. 걱정은 더 커지고 슬픔은 예리해져 마음을 다친다. 답도 없이 고민의 먹이가 돼버리기 십상이다.

그런 밤이면 쉽지 않지만 걱정 속으로, 고민 속으로 빠져들지 않으려 안간힘을 쓴다. 어둠 속에 다시 누워 잠을 청해본다. 그래도 잠이 오지 않을 땐 걱정 대신 마음속 신께 기도를 한다. 모든 일이 잘되게 해달라고. 큰 결정을 해야 할 때도 밤에는 결론을 내지 않는다. 밤엔 오히려 마음을 비우고, 결정권을 내일 아침에게 넘긴다. 내일은 또 내일의 태양이 떠오르니까.

자고 일어나면 새로운 하루다. 현실은 어제와 똑같고, 문제는 해결되지 않은 채 그대로다. 어쩌면 밤새 더 나빠졌을 수도 있다. 하지만 새로운 시작은 조금 다른 마음을 먹게 한다. 그러면 결과도 조금 달라질 수 있다.

다음 날을 맞으려면 마침표를 찍어야 한다.

그러니 밤이 오면

집 안의 불을 끄고

방의 불을 *끄고*

몸을 편안하게 하고

팽팽한 정신의 스위치도 내리고

잠을 청하자.

우리를 구하는 길이다.

꼭 찬 해피엔딩의
매력

해피엔딩이 좋다.

그것도 아주 완벽하게 꼭 찬 해피엔딩.

이를 한 문장으로 표현하면 이렇다.

"그들은 그 후로 오래오래, 아니 영원히 행복하게 살았습니다."

하지만 동화의 이 엔딩은 여전히 논란거리다. 백마 탄 왕자의 키스로 깊은 잠에 빠졌던 공주가 깨어나고 그래서 그들이 오래오래 행복하게 살았다는 엔딩은 문제가 많다. 사실 동화 속 이야기는 비현실적이고 여성 캐릭터는 너무나 비주체적이다. 비판과 비난으로 너덜너덜해질 만하다.

하지만 오랜 세월 입에서 입으로, 사람에서 사람으로 전해지다 17세기 샤를 페로, 19세기 그림 형제에 의해 정리된 이 '해피엔딩' 스토리는 오히려 '비현실'을 넘어 '거짓말'이기 때문에 빛나게 살아남았다. 이는 유토피아Utopia 판타지다. '없는ou', '장소toppos'라는 유토피아의 어원 그대로, 현실에 없기에 판타지 자리를 지켰다.

열렬히 사랑하고, 사랑해서 결혼하는 낭만적 사랑의 유토피아는 19세기 유럽에서 피어났다. 19세기는 로맨스 역사에서 매우 문제적 시기였다. 산업혁명으로 근대적 자본주의가 시작되면서 이 시스템을 유지하기 위해 일부일처제의 가부장적 가족 제도가 적합하다는 판단이 섰다. 남자들은 밖에서 일하고 여자들은 가정을 지키는 최적화된 시스템. 이를 지탱하기 위해 낭만적 사랑이란 개념이 등장했다. 사랑은 영원한 것이고 사랑해서 결혼해 검은 머리가 파뿌리가 될 때까지 함께하며 가정을 지켜야 한다는 생각이 새로운 신화가 되었다.

하지만 당시 결혼은 경제적 교환이었고 교육받지 못하고 직업도 없는 여성들은 결혼을 하지 못하면 살길이 막막했다. 어느 시대나 열렬한 사랑이 있었겠지만 사랑은 결혼의 조건이 아니었다. 사랑의 신화는 여성을 가정에 묶어두는 이데올로기로 작동했다. 그런 점에서 아마 당시 여성들은 지금 우리보다 "그 후로 오래오래 행복했다"는 말이 가짜라는 것을 알았을 것이다. 하지만 그렇기 때문에 낭만적 사랑의 서사는 답답한 현실을 달래는 판타지로 살아남았다. 그리고 그 뒤로 로맨스의 전형이 되어 지금에 이르렀다. 물론 '신데렐라 콤플렉스'라는 이름으로 뭇매를 맞았지만 말이다.

하지만 나는 이 문제 많은 해피엔딩을 좋아한다. 여성 캐릭터가 너무 시대에 뒤떨어졌다거나, 여전히 남성과 여성의 관계가 기울어있다는 등의 문제와는 별개다. (또 현실은 드라마에 반영돼 끊임없이 로맨스 서사를 바꿔나가고 있다.) 그냥 해피엔딩이 좋다. 이유는 간단하다. 새드엔딩은 너무 슬프니까.

그 후로 오랫동안 행복했다는 엔딩이 진짜가 아니라는 것을 안다. 『오만과 편견』의 자기주장 강한 엘리자베스와 완벽하면서 스스로 자기가 완벽하다는 것을 아는 다아시는 결혼 후에 연애 때보다 더 싸웠을 수도 있다. 영화 〈귀여운 여인〉의 백만장자 에드워드와 거리의 여인 비비안의 사랑은 결국 이혼과 위자료 다툼으로 끝날 수도 있다. 드라마 〈사랑의 불시착〉의 남녀북남 세리와 정혁은 절절한 사랑 끝에 매년 1년에 한번 만나는 '여운 남는 해피엔딩'으로 끝났지만, 나중엔 남북 분단이 아니라 둘의 성격 차이로 언제부터인가 한 사람이 나타나지 않을 수도 있다.

나는 그저 사랑이 가장 빛나는 그 순간을 간직하고 싶을 뿐이다. 그 이후에 일어났고, 또 일어날 수 있는 일들에 대해서는 살짝 덮어두고 싶다. 그건 우리가 현실에서 보고 듣고 겪는 것으로 충분하기 때문이다.

영화로도 만들어진 소설 『길버트 그레이프』에서 주인공의 엄마는 거실 의자에 앉아 텔레비전을 보는 것이 유일한 즐거움이다. 한때 미모로 동네 남자들의 사랑을 한몸에 받았지만 아버지가 자살한 뒤 폭식을 거듭해 코끼리만 한 몸집이 된 엄마는 텔레비전에 빠졌다. 우울증을 앓는 길버트 엄마와 비교할 순 없지만, 길버트 엄마가 텔레비전에서 무엇을 찾고 싶었는지 알 수 있다. 절망적인 현실과 다른, 답답한 현실을 잊을 수 있는 판타지다.

나에게 해피엔딩 로맨스는 그런 세계다. 현실과는 다른 아름답고 행복한 백일몽의 세계 말이다. 그래서 이 드라마가 끝나면 저 드라마로 날아가고, 조금이라도 틈이 생기면 못 본 드라마를 몰아 보느라 밤을 샌다. 1년 365일 드라마를 본다.

왜 이렇게 드라마에 빠지는가를 생각해본 적이 있다. 드라마가 뭐라고, 드라마에 대한 생각, 주인공에 대한 생각, 그들의 러브 스토리를 상상하느라 정신을 못 차릴까. 이제는 인터넷 때문에 드라마 하나에 꽂혀서 파기 시작하면 하루 스물네 시간이 모자랄 지경이다.

그건 우리가 원래 이야기를 먹고 사는 '이야기 동물'이기 때문이다. 다르게 말하면 우리는 상상하고 꿈꾸고 끊임없이 이야기를 만들지 않으면 살 수 없다는 뜻이다.

실제로 우리는 매일 끊임없이 자기 이야기를 만드는 백일몽을 꾼다. 한 실험에 따르면 사람들은 하루에 약 2천 번 가량, 평균 14초간 지속되는 백일몽을 꾼다고 한다. 계산해보면 깨어 있는 시간의 절반가량, 일생의 3분의 1을 몽상하는 데 쓰는 셈이다.

잘 때 꾸는 꿈 역시 내가 만드는 이야기다. 인간은 렘수면 상태일 때 꿈을 꾼다. 하루에 보통 두 시간가량 렘수면을 하니, 1년에 730시간, 수명을 70-80년으로 어림잡아 계산해도 평생 6년 정도 꿈을 꾼다고 할 수 있다.

나 역시 많은 시간을 쓸데없는 상상과 공상으로 보낸다. 앞날을 생각하며 내 삶을 시뮬레이션해보기도 하고, 그때 왜 그 말을 못했을까 하며 내 멋대로 하는 상상도 한다. 나의 과거와 미래를 상상하는 것이다. 그러니까 드라마는 이야기 동물인 우리에게 던져진 먹음직스러운 먹이라고 할 수 있다.

게다가 우리는 이야기를 듣고 볼 때 주인공에 완전히 감정 이입된다. 그때 우리 뇌는 거울 뉴런을 작동시켜 주인공의 감정을 똑같이 느낀다. 그래서 주인공처럼 가슴이 아파서 미칠 것 같은 것이다. 그러니까 드라마를 보고 울고 웃었다는 표현은 진짜 과학이다. 뇌는 옳고 그름을 판단하지 못하고 오직 강한 자극에 반응하며 더 강한 자극을 원한다고 하니, 결국 드라마에 끌려 들어갈 수밖에 없다. 일종의 강력한 중독 상태라고 할 수 있다.

내 로맨스물의 연대기는 동화에서 시작해 소설, 순정만화, 할리퀸 로맨스를 거쳐 매우 특별하게 행복한 시간을 만났다. 그것은 1989년 〈해리가 샐리를 만났을 때〉의 대흥행으로 시작된 세계적인 로맨틱 코미디 영화의 재부흥기였다.

셰익스피어의 『말괄량이 길들이기』로 거슬러 올라가는 로맨틱 코미디는 1930-1950년대 남녀가 만나 우여곡절 끝에 사랑의 결실을 맺는 '스크루볼 코미디Screwball comedy'를 거쳐 〈해리가 샐리를 만났을 때〉를 계기로 새로운 전성기를 맞는다. 뒤이어 리처드 기어와 줄리아 로버츠의 〈귀여운 여인〉이 나왔고, 로맨틱 코미디의 대모인 노라 에프런 감독과 로맨틱 코미디의 대표 얼굴인 메

그 라이언이 함께 만든 〈시애틀의 잠 못 이루는 밤〉과 〈유브 갓 메일〉로 이어졌다. 이 영화들은 모두 꽉 찬 해피 엔딩이었다. 당시 미국의 경제 호황에 따른 자신감이 반영된 것 아닌가라는 생각도 해본다. 사랑 하나만으로 우리는 행복할 수 있다는 그런 넘치는 자신감 말이다.

이어 로맨틱 코미디의 주도권은 영국으로 넘어갔다. 로맨틱 코미디의 명가 워킹 타이틀의 등장이다. 미국에 메그 라이언이 있었다면 영국엔 휴 그랜트가 있었다. 〈네 번의 결혼식과 한 번의 장례식〉을 시작으로 〈노팅힐〉, 〈브리짓 존스의 일기〉, 〈러브 액츄얼리〉로 이어졌다.

나의 로맨틱 코미디 영화 편력의 정점은 누가 뭐래도 〈노팅힐〉이다. 소심하고 어설프지만 결코 바보스럽지 않은 남자 윌리엄 새커와 활달한 월드 스타 애나 스콧의 사랑 이야기는 로맨틱 코미디의 공식이 총동원됐다. 남녀가 바뀌긴 했지만 백마 탄 왕자와 공주라는 오랜 틀을 갖고 와 할리우드 스타는 이유도 없이 어설픈 이혼남을 보고 첫눈에 반하고, 우여곡절 끝에 극적으로 사랑이 이뤄진다. 그리고 이들은 그 후로 오래오래 행복하게 살았다는 이야기다. 어찌나 많이 봤는지 어렸던 딸이 〈노팅힐〉을 보는 엄마의 뒷모습을 기억할 정도다.

그래서 우리는 2009년 〈노팅힐〉 10주년 재개봉 때 함께 영화를 보러 갔다. 물론 정말 재미있었다. 가끔 유튜브에서 하이라이트 장면도 찾아본다. 자신을 스타가 아니라 한 여자로 봐달라는 애나의 간청을 거절한 윌리엄이 애나의 마지막 기자회견장으로 달려가 "혹시 그 남자가 무릎을 꿇고 잘못했다고 한다면 어떻게 하겠느냐"고 질문하는 장면이다. 언제 봐도 여전히 설렌다.

그 뒤로 〈노팅힐〉을 넘어서는 작품을 만나지 못하고, 나의 로맨틱 코미디의 세계는 텔레비전 드라마로 넘어갔다. 두 사람의 알콩달콩과 우여곡절, 그리고 절절하고도 깊은 마음을 보기엔 두 시간의 러닝 타임으로 부족하다. 16부작 미니시리즈 정도는 돼야 한다.

해피엔딩의 로맨틱 코미디 세계는 나에게 일종의 평행우주, 유사 세계와 같다. 한 편 한 편이 모두 나의 평행우주로 존재한다. 그곳엔 주인공들이 영원히 살아가고 있다. 드라마 그 뒤의 이야기도 펼쳐지고, 새로운 인물도 나온다. 드라마는 끝나도 그들의 이야기는 계속된다.

분명한 건 주인공들은 그곳에서 영원히 행복하다는 것이다. 드라마 〈도깨비〉의 도깨비와 도깨비 신부는 시간을 건너 환생을 거듭하며 영원히 행복하고, 〈별에서 온 그대〉의 도민준과 천송이는 지구가 멸망하는 그 순간까지 사랑한다. 모든 건 사랑이 가장 빛나는 순간에 멈춰 있다. 그때 막을 내린 해피엔딩이기에 가능한 일이다.

해피엔딩은 빛나는 순간을 봉인해 보여주는 것이다. 사실 사랑은 궁극적으로 비극일 수밖에 없다. 지지고 볶고 생활의 때가 묻기도 하지만, 누구도 죽음을 피할 수 없기 때문이다. 사랑의 끝은 결국 누군가는 떠나고 누군가는 남는 이별일 수밖에 없다. 따라서 해피엔딩은 인생에서 만나는 아주 아름다운 한순간이다. 우리의 행복은 순간에 존재한다.

그렇다면 우리도 삶에서 숱한 해피엔딩을 가질 수 있다. 살아가면서 만나는 크고 작게 빛나는 순간은 그 이전에 있었던 일들이 만들어낸 결과다. 그러니까 지금 기쁘고 행복하다면, 이는 이전에 있었던 일들의 해피엔딩이다. 순간순간 만나는 해피엔딩들이다. 이 특별한 순간들이 시간에 휩쓸려 떠내려가 잊히게 내버려 둬서는 안 된다. 특별하게 보고 특별하게 느끼며 기억해야 한다. 아마 미국 작가 애니 프루의 소설 『시핑 뉴스』의 주인공 코일이라면 내 생각에 동의할 것이다.

이 소설은 「브로크백 마운틴」의 저자로 유명한 애니 프루가 독자들을 위해 반드시 '해피엔딩'을 만들겠다며 마음먹고 쓴 작품이다. 하지만 그가 보여주는 해피엔딩은 두 남녀가 만나고 싸우다 마지막에 포옹하고 키스하는 로맨틱 코미디식 해피엔딩이 아니다. 모든 갈등과 고난이 끝나고 봄날 햇빛처럼 모든 것이 쨍쨍하게 환한 완벽한 해피엔딩이 아니다.

프루는 『시핑 뉴스』를 "단순히 불행하지 않은 것만으로도 눈부신 행복이 가능한 것처럼 보이는" 이야기라고 설명한다. 기쁨과 행복만이 계속되는 인생이란 없고, 불행이 함께하는 속에서도 행복할 수 있다고 이야기한다.

서른여섯의 남자 코일은 프루가 말하는 행복이 무엇

인지, 해피엔딩은 어떤 것인지 보여준다. 코일은 스스로 태어난 것 자체가 불운이라고 생각한다. 일단 외모가 불행이다. 거대한 몸, 겨울멜론 같은 얼굴, 오종종한 이목구비, 혐오스러운 턱을 가진 그는 사람들 눈에 띄지 않기를 소망한다. 아버지의 미움과 구박을 한몸에 받았고, 대학을 중퇴한 뒤 일정한 직업 없이 여기저기를 전전한다. 겨우 삼류 신문사에 취직하지만 글재주가 없다.

그런 코일이 기적처럼 페틀이라는 여자를 만나 사랑에 빠지지만 그녀는 인생 최악의 패였다. 페틀은 결혼 한 달 만에 다른 남자를 집에 끌어들이기 시작하더니, 결국 두 딸을 돈을 받고 팔아넘기고 내연남과 도망가다 교통사고로 사망한다. 삶이 온통 절망인 그에게 고모가 선조들의 고향인 캐나다 뉴펀들랜드로 가서 새로운 삶을 살아보자고 말한다. 그 제안에 코일은 두 딸을 데리고 척박한 땅으로 간다. 얼음, 바람, 폭풍우, 악천후가 일상인 곳이다.

하지만 그는 그곳에서 삶을 일구어간다. 친구를 사귀고, 작은 지역 신문에선 서른여섯 해 만에 처음으로 칭

찬을 듣는다. 글솜씨는 없지만 사람들로 하여금 자기 이야기를 털어놓게 하는 그의 유일한 장점이 발휘됐기 때문이었다. 그는 자신조차 예상치 못했던 신문사 편집장이 되고, 자기만큼이나 상처를 가진 웨이비라는 여성과 사랑을 이룬다.

어느 날 목욕을 한 뒤 그는 거울에 비친 자신의 알몸을 바라본다. 이젠 자신의 몸이 싫지 않았다. 중년을 향해 가는 자신이 육체적 성숙에 이르렀다고 느낀다. 그는 오랜 자기혐오에서 벗어났다. 더 이상 자기 삶이 절망적이라고 생각하지 않는다. 태어난 것 자체가 불운이라고 여겼던 이전의 그가 아니다. 그에게 환희가 스쳐 간다. 해피엔딩이다.

하지만 그런 중에도 집은 폭풍에 날아가고, 그의 아버지 집안은 강간범들의 집안이었다는 사실을 알게 된다. 얼떨결에 편집장이 됐지만 이 작은 신문사는 내일이라도 당장 망할 수 있다. 웨이비와의 결혼 생활은 이제 시작일 뿐이다. 그렇다면 이건 해피엔딩인가 아닌가. 프루는 소설의 마지막 문장으로 이에 답한다.

목이 부러진 새가 날아갔다면, 또 어떤 일이 가능할까? 물이 빛보다 먼저 생겼을 수도, 뜨거운 염소 피 속에서 다이아몬드가 깨질 수도, 화산이 차가운 불을 뿜어낼 수도, 바다 한가운데에 숲이 나타날 수도, 게 위로 손만 가져가도 그 손 그림자에 게가 잡힐 수도, 매듭 속에 바람이 갇힐 수도 있으리라. 그리고 고통이나 불행이 없는 사랑도 가끔은 있으리라.

목이 부러져 숨이 끊긴 새가 날아갈 수 없고, 화산은 차가운 불을 뿜어낼 수 없다. 다이아몬드가 염소 피 속에 깨질 수도, 손 그림자만으로 게를 잡을 수도 없다. 그렇듯 고통이나 불행이 없는 사랑도 없다는 것이다. 행복에는 불행이 함께하고, 기쁨 뒤엔 고통이 따라오기도 한다. 하지만 고통과 괴로움 속일지라도 행복은 밤하늘의 별처럼 콕콕 박혀 빛난다. 이것이 애니 프루와 코일이 말하는 해피엔딩이다. 이제 코일은 낭랑한 파도 소리에 귀 기울이고 웃고 울고 일몰을 바라보고 빗속에서 음악을 듣는다. 그는 행복하다.

우리 삶의 엔딩은 오직 숨을 거두는 마지막, 그 단 한번만이 아니다. 인생의 순간순간 코일처럼 숱하게 많은 해피엔딩을 만들어 가질 수 있다. 그래서 우리의 해피엔딩 대사는 이렇다.

"그들은 그 후로 오래오래 행복하게 살았습니다"

가 아니라

"우리는 지금 이 순간 행복하다."

참고문헌

김연수, 『세계의 끝 여자친구』, 문학동네, 2009

나폴리, 도나 조 지음, 위즈너, 데이비드 그림, 『인어 소녀』, 심연희 옮김, 보물창고, 2018

니페네거, 오드리, 『심야 이동도서관』, 권예리 옮김, 이숲

두리안 스케가와, 『앙』, 이수미 옮김, 은행나무, 2015

드 보통, 알랭, 『일의 기쁨과 슬픔』, 정영목 옮김, 은행나무, 2012

루이스 사폰, 카를로스, 『바람의 그림자』, 정동섭 옮김, 문학동네, 2012

메르시어, 파스칼, 『리스본행 야간열차』, 전은경 옮김, 들녘, 2014

모시페그, 오테사, 『내 휴식과 이완의 해』, 민은영 옮김, 문학동네, 2020

무라카미 하루키, 『1Q84』, 양윤옥 옮김, 문학동네, 2009

———, 『바람의 노래를 들어라』, 윤성원 옮김, 문학사상, 2006

———, 『일인칭 단수』, 홍은주 옮김, 문학동네, 2020

———, 『직업으로서의 소설가』, 양윤옥 옮김, 현대문학, 2016

미우라 시온, 『배를 엮다』, 권남희 옮김 은행나무, 2013

———, 『사랑 없는 세계』, 서혜영 옮김, 은행나무, 2002

반스, 줄리언, 『또 이따위 레시피라니』, 공진호 옮김, 다산책방, 2019

발저, 로베르트, 『산책자』, 배수아 옮김, 한겨레출판, 2017

보르헤스, 호르헤 루이스, 「바벨의 도서관」, 『픽션들』, 송병선 옮김, 민음사, 2011

솔닛, 리베카 지음, 래컴, 아서 그림, 『해방자 신데렐라』, 홍한별 옮김, 반비, 2021

아사다 지로, 「러브레터」, 『철도원』, 양윤옥 옮김, 문학동네, 1999

에스키벨, 라우라, 『달콤쌉싸름한 초콜릿』, 권미선 옮김, 민음사, 2004

온다 리쿠, 『밤의 피크닉』, 권남희 옮김, 북폴리오, 2005

요시다 슈이치, 『동경만경』, 이영미 옮김, 은행나무, 2004

요시모토 바나나, 『키친』, 김난주 옮김, 민음사, 1999

주바다오, 『그 시절, 우리가 좋아했던 소녀』, 이원주 옮김, 문학동네, 2017

천명관, 『고령화 가족』, 문학동네, 2010

칼리파티데스, 테오도르, 『다시 쓸 수 있을까』, 신견식 옮김, 어크로스,
    2019

크리사, 대니엘, 『방황하는 아티스트에게』, 박찬원 옮김, 아트북스, 2014

키냐르, 파스칼, 『우리가 사랑했던 정원에서』, 송의경 옮김, 프란츠, 2019

킹, 스티븐, 『고도에서』, 진서희 옮김, 황금가지, 2019

프루, 애니, 『시핑 뉴스』, 민승남 옮김, 문학동네, 2019

하루프, 켄트, 『밤에 우리 영혼은』, 김재성 옮김, 뮤진트리, 2016

헤이그, 매트, 『미드나잇 라이브러리』, 노진선 옮김, 인플루엔셜, 2021

호로비츠, 알렉산드라, 『관찰의 인문학』, 박다솜 옮김, 시드페이퍼, 2015

혼비, 닉, 『하이 피델리티』, 오득주 옮김, 문학사상, 2014